Spelöppning

och andra historier

Spelöppning

och andra historier

Gustaf Berglund

Korrekturläsning: Solveig Halvorsen Kåven
Omslag: Gustaf Berglund
Omslagsbild: JuliarStudio

Förlag: BoD · Books on Demand, Östermalmstorg 1,
114 42 Stockholm, bod@bod.se
Tryck: Libri Plureos GmbH, Friedensallee 273,
22763 Hamburg, Tyskland

ISBN: 978-91-8080-771-5

Spelöppning

Jiří vet kanske inte om det, men för många av de turister han fraktar i minibussen från Vaclav Havel-flygplatsen i Ruzyně in till centrala Prag är det en helt annan person de åker med. De ser inte en sliten tjeckisk tvåbarnsfar med flickan på gymnasiet och pojken på högstadiet, en hårt prövad man. Inte heller ser de den inbitne schackspelaren, som kan använda de stillastående minuterna i rödljuskorsningarna till att analysera någon spelöppning eller fundera ut det vinnande pjäsoffret i en slutspelssituation. Turisterna ser någon annan, det är en annan person som skjutsar dem.

Med sin örnnäsa, sina skarpt skurna veck kring munvinklarna och framförallt med sitt mörka hår där de flottiga lockarna nätt och jämnt täcker kragkanten har Jiří faktiskt vissa yttre likheter med en filmskådespelare från ett skandinaviskt land, har han ibland fått höra från turisterna. Men Jiří har aldrig sett någon av hans filmer. Inte är han så säker på vilken skillnaden är mellan de där länderna heller, fast han genom åren skjutsat tusentals och åter tusentals danskar, svenskar och norrmän. Att svenskarna under 30-åriga kriget aldrig kom över Karlsbron vet han förstås sedan skoltiden, och att det nuförtiden är svårt att slå dem i ishockey.

Ofta är det damer som plötsligt stelnar till och stirrar på honom. Nej, det är inte den sortens ögonkast som Jiří känner utan och innan, den sortens blickar som faktiskt gjort livet drägligt sedan Věra, barnens mor, kastade ut honom. Hur länge sedan är det nu, det måste vara åtta år? Det här är en annan sorts blickar, någon sorts beundrande blickar, men på ett insmickrande, nästan motbjudande

sätt. Några kan till och med mumla "Benny ..." eller "Mikael ...",
innan de kommer på sig själva med misstaget.

Jiří vet att de här ögonkasten inte leder till något, inte ens för en
kväll. Och han vet att det är ett misstag, och att det skulle vara ett
ännu större misstag att förväxla dem. Det är inte honom de ser, inte
en tredimensionell tjeckisk busschaufför av kött och blod, utan de
ser någon filmskådespelare. Och de där figurerna på vita duken eller
plattskärmen brukar aldrig vara mer än tvådimensionella.

Även om det bolag Jiří kör åt har fasta priser, 600 tjeckiska kronor
för enkel resa, och dricks praktiskt taget aldrig förekommer, vill han
inte ta turisterna ur deras villfarelser. De får själva komma på att den
skådis de beundrar kanske jobbar med något annat än att köra mini-
buss i Prag. Alltså gör han så gott han kan för att kreera rollen inom
ramen för vad chaufförsarbetet tillåter. Tystnad, en viss bufflighet
och en butter uppsyn fungerar bäst, då kan han hinna ända till
serpentinkurvorna nedanför Pragborgen innan beundrarblickarna
går åt annat håll.

Jiří har just lastat in ytterligare en omgång turister vid terminal 2.
Han kör över bussen till den andra refugen men stannar där, kliver
ur och låter dieselmotorn gå på tomgång medan han demonstrativt
nonchalant går bort till kollegorna, František och Petr, och tar en
cigarett med dem.

– Kors vad de tittar på dig, damerna, säger Petr. Vad gör du med
dem, Jiří, du har sett dem i två minuter och har redan fritt fram?

– Det vill du inte veta, svarar Jiří. Du får bara problem hemma.
Försök inbilla mig att Olga skulle gilla det!

– Nej, det är klart. Men bara lite – det skulle hon inte behöva veta!
ler Petr.

– Det där ska vi komma ihåg, inte sant, Jiří? säger František i ret-
sam ton och fimpar sin cigarett mot gatstenen.

– Det kan vara risk för att vi skvallrar för Olga. Om han nu inte
bjuder på en öl i eftermiddag, förstås, fortsätter han.

– Zlatý Dvůr, klockan fyra, säger Jiří, och de båda andra nickar bekräftande och ler efter honom, när han långsamt går tillbaka till sin minibuss.

Zlatý Dvůr, Den gyllene gården, är inget märkvärdigt ställe, trots att det ligger på Husova i Gamla staden, ett stenkast från torget med turistflockarna som vallas runt av guider med högburna paraplyer eller enstaka besökare som balanserar på hyrda elsparkcyklar. Men här kan man i lugn och ro ta en öl eller två och lyssna på avspänd jazz medan man utbyter tankar om världshändelserna eller bara funderar ut hur kvällen ska tillbringas. František och Petr sitter redan vid ett bastant träbord med nästan urdruckna ölsejdlar när Jiří kommer in. Petr sträcker upp ett pekfinger och beställer tre öl.

– Nu stirrar de på dig igen, säger Petr.

Jiří måste vända sig om. Två bord längre bort sitter ett par kvinnor i yngre medelåldern. Det är något bekant över dem, åtminstone den ljusa. Förmodligen har han väl skjutsat dem från flygplatsen in till något av de femstjärninga hotellen på V Celnici, om inte i dag så kanske häromdagen.

Den blonda möter hans blick. Han får ett infall.

– *Dobrý den*, hälsar han och försöker pressa fram ett leende ur sitt buttra ansikte. Förmodligen förstår hon ingen tjeckiska, men han tänker inte göra sig till.

– *Guten Tag*, ler hon tillbaka.

I alla fall ingen amerikanska, eller engelska. Tyska går ju att förstå, Jiří är uppvuxen med båda språken.

När Jiří växte upp bodde farmor Gretchen hemma hos dem. Fortfarande kan han höra hennes gälla upprörda stämma och minnas rysningarna vid åsynen av hennes underarm. Under nästan hela kriget hade hon lyckats undgå att bli transporterad från Theresienstadt, eller Terezin som Jiří föredrar att säga, till Auschwitz. Men i mars 1945 rullade godsvagnarna in i förintelselägret, och Gretchens fångnummer tatuerades in på hennes underarm. I början av maj kapitulerade Tyskland villkorslöst, och lägerfångarna befriades. Men fångnumret fanns där på Gretchens underarm livet ut, som en ständig påminnelse om Förintelsen.

Före kriget hade Gretchen varit framgångsrik vid schackbrädet och på vippen att komma med i det tjeckoslovakiska laget till schackolympiaden. Ryktet om hennes kapacitet hade spritt sig i Terezin, men hon hade varit klok nog att aldrig vinna mot lägerkommendanten. Jiří blev hennes läraktige elev, redan innan han börjat skolan. Men så länge hans farmor levde lyckades han aldrig få mer än remi mot henne.

Gretchen talade tyska, när hon ville göra sig förstådd i familjen, och jiddisch med sina väninnor. Tjeckiska lärde hon sig aldrig, trots att hon förutom åren i lägren aldrig lämnade det Prag, som sett henne födas, och där hennes kropp nu vilar på den judiska kyrkogården.

– Har ni kört färdigt för i dag? frågar den ljushåriga kvinnan med en menande blick på Jiřís ölsejdel.

Hennes tyska låter lite skolmässig, och hon niar honom. Eller menar hon dem alla tre?

– Ja, nu räcker det, svarar Jiří och blinkar. Det blir för mycket turister i stan om vi ska hämta flera hela tiden. De får vänta till i morgon.

František och Petr kan inte många ord tyska, inte mer än vad som behövs för att få turisterna att lasta in sina väskor där bak, kliva in och spänna fast bältena. Jiří känner att de inte riktigt hänger med. Men det kan de gärna ha, och de får gärna skapa sig vilka föreställningar om hans erövrarkonster de vill.

– Ute på flygplatsen? Det menar du väl ändå inte, säger den ljusa. Nu säger hon du, så det syftade nog på alla tre när hon sa ni.

– *Natürlich*, säger Jiří. Vi hämtar dem i morgon bitti. De brukar sova nere i ankomsthallen.

Äntligen fattar den ljusa att han skojar. Hon verkar uppskatta det, hon nickar menande åt sin väninna. Kvinnorna tar sina glas och flyttar närmare, till bordet intill. Den blonda höjer sitt glas mot honom och ler.

– Då var det ju tur att vi hann åka med dig innan du slutade för dagen. Annars hade vi inte setts här.

Jiří slår ut med händerna. Tur eller otur, vad spelar det för roll?

– Du får ursäkta att jag stirrade på dig, fortsätter hon. Du är så lik en kille jag sett någon gång.

– Jag vet, svarar Jiří. Det brukar vara ungarnas lärare, eller någon skådis. Samma sak hela tiden, folk ser aldrig mig, utan bara någon jag liknar. Eller om det nu är de som liknar mig.

Kvinnan säger något till sin väninna på ett språk som Jiří inte förstår. Väninnan fnissar.

Jiří känner att Petr och František mer än gärna skulle vilja veta vad som håller på att ske mellan borden. Om det nu är något som håller på att hända. Jiří vet inte själv, och inte tänker han stilla kollegornas nyfikenhet heller.

Han får ännu ett infall.

– Vit bonde d2 till d4, säger han uttryckslöst.

Hon spelar nog inte schack. Och i så fall kommer hon att avfärda honom som en knäppgök.

– Svart springare f6, svarar hon sakligt.

– Vit bonde c2 till c4.

Petr och František stirrar som om de sett en utomjording.

– Svart bonde g7 till g6, säger hon utan längre betänketid.

Alltså kungsindiskt. Jiří visualiserar schackbrädet och pjäsernas ställning efter de inledande dragen, och funderar på fortsättningen.

– Jag heter Camilla, förresten. Från Sverige. Min kompis här heter Ulrika.

– Jiří, svarar han och presenterar hastigt sina kollegor. Vit springare c3.

– Skål, Jiří! säger Camilla och höjer glaset, inte bara mot Jiří, utan också mot František, Petr och Ulrika. Men det börjar bli för svårt för mig att spela blint. Ursäktar du?

Ur ryggsäcken plockar hon upp ett hopfällbart schackbräde och sätter raskt upp pjäserna i den uppkomna ställningen.

Vilket blir nästa drag?

Damernas tjuv

OM DET INTE VARIT FÖR OSYNLIGHETEN, kunde Isak Andersson i Moforsviken den där midsommaraftonen i mitten på femtiotalet ha fått sista dansen på Ånäsets dansbana med den granna Gerda Nestorsdotter från Tjärnåsen. Kanske skulle det inte ha förändrat historiens lopp så mycket. Men två faderskapsmål året därpå kunde ha fått en annan utgång. Möjligen hade också hemmansägaren och kyrkvärden Per Nestor Olausson sluppit en förtida död i slaganfall. Men i övrigt är det tveksamt. Osynligheten karaktäriseras ju främst av att vi inte kan se den.

Den öppna dansbanan är lövad och illuminerad. Ljuskedjan med sina röda, blå och gula glödlampor behövs knappast för att lysa upp, juninattens blekblå ljus räcker mer än väl. Chokladhjulet snurrar, någon försöker gång på gång vinna någon av teddybjörnarna i luftgevärsståndet, men Isaks håg står till dansbanan. Scenen har nytt skärmtak, uppspikat så sent som förra veckan, men mot myggen ges inget skydd.

Vilgot Lööfs kapell får jobba för gaget. De är redan inne på andra omtagningen av sin något begränsade repertoar, men ingen låtsas om att man dansat till samma melodier redan tidigare under kvällen. Batteristen, Lennart Simonsson från Långbyn, slår sitt "på torsdag, på torsdag, på torsdag" på baskagge och cymbal, oavsett vilken låt som spelas. Som tur är, stöttar Rune Grahn upp med ståbasen, annars skulle väl takten helt falla ihop. Han är säkerheten själv, smeker instrumentets hals som vore den en kvinnonacke.

Nu tar dragspelet över melodin. Isak hör hur Henrik Bergman slirar över knapparna, någon har bjudit honom på gladvatten redan före pausen. Nedanför dansbanan, i en klunga flickor, står Gerda. Flickorna har ljusa bomullsklänningar. Ögonen kan se i kors för mindre. Nu är inte Isak helt nykter, har fått smaka bakom dasslängan, hans kusin Bosse har en dunk hemkokt brännvin och bjuder generöst, medan ordningsvakten Per Larsson diskret tittar åt annat håll. Alla smakar inte: Ola Bengtsson i Hälle, som kommit i sin PV444, skakar leende på huvudet.

– Bilkörning och sprit går inte ihop, säger han. Kan köra på ett träd och krossa flaskan.

Men nu gäller det Gerda. Redan på långt håll möter hon Isaks ögon. Hennes blick är fast nu, inte avvisande, inte undvikande, tvärtom inbjudande. Gerda, som han haft ögonen på sen hon gick klassen under honom i skolan. Länge har han gjort framstötar, först tafatta och barnsliga, men efterhand mer tydliga och manliga. Och nu undviker hon inte längre hans blick, hon möter den, lugnt och varmt.

Han går fram till biljettkiosken, köper två dansbiljetter. Tillsammans skyndar de uppför trappan till dansbanan, han får stötta henne när hon snubblar på de ovant höga klackarna, han sträcker fram biljetterna till den lätt efterblivne Helge Jansson i uniformsmössan, så famnar han henne och styr ut på banan.

Två steg åt vänster och ett åt höger och komma ihåg att snurra ibland. Han börjar bli ganska säker nu, har övat, ensam på köksgolvet, till musiken från radion. Gerda trycker sig mot honom, han känner hennes ångande kropp, motståndet är borta. Han vågar låta fingrarna leka med hennes bruna lockar.

På scenen drar Henrik Bergman av ett slutackord med fullt utdragen bälg, och Lennart Simonsson slår av med ett kantslag på cymbalen. Det blir en nervös väntan, innan musikerna enas om nästa melodi. Isak måste säga något, känner han på sig.

– Vad fin du är i kväll, Gerda! försöker han.

– Tycker du? Äsch, det är bara som du säger!

– Nej, jag menar det. Du är jättefin!

Som tur är, drar musiken igång igen. Nu har han ändå sagt det. Och hon avvisar honom inte, hon trycker sig ännu närmare honom i dansen, två steg åt vänster och ett åt höger. Han tackar för dansen, när andra låten tar slut och Helge föser de dansande av banan.

– Går bra att fortsätta dansa, bara att köpa ny biljett, förklarar han myndigt.

Men nu blir det schottis, något Isak aldrig lärt sig. Han står vid sidan av och tittar på, när Gerda dansar med Karin Holmlund i Nygården.

Rune Grahn vid ståfelan blir tydligen inspirerad, tar ett litet sångsolo i refrängen på Trolljazzen:

"Den som inte vill dansa då,

den ska vi knyta upp svansen på,"

och så försvinner sången in i bälgspelets alkoholsuddiga kompromiss mellan schottis och swing. Flickorna dansar en-två-tre-hopp, en-två-tre-hopp, och hoppar runt varandra ett par varv.

När schottisen är slut, kommer Gerda och tar honom under armen. Hon flåsar, och bomullsklänningen har ränder på ryggen. Men hon vill dansa mer, han köper nya dansbiljetter. Han kan spendera, har tjänat rätt bra på avverkningen.

En lugnare melodi nu, String of Pearls. Isak försöker gnola med, men någon vidare sångröst har han inte, och när Gerda påpekar det, tystnar han. Men hon fortsätter att pressa sin kropp mot hans.

När det blir paus, har de dansat flera danser med varandra, och Gerda har bjudit upp honom på damernas. Isak är nästan nykter nu. Han frågar om de kan ta en promenad tillsammans, och hon till och med smyger sin hand i hans, när de går runt festplatsen. Lättare att småprata nu, om allt utom det viktiga, det som måste sägas.

Efter pausen fortsätter Vilgot Lööfs kapell på tre man. Henrik Bergman har packat ihop dragspelet, han är för full. Vilgot ler bistert, får ta alla chorus själv på fiolen, låter betydligt tunnare.

De dansar flera danser. Men när Ola Bengtsson kommer tillbaka efter att ha skjutsat hem Henrik Bergman och dragspelet och bjuder upp Gerda på hambo, går Isak därifrån. Bakom en björk lättar han på trycket. Han hinner också bort till Bosse och får en klunk. Sedan återvänder han till dansbanan, där hambon just är slut.

Äntligen vågar han säga det, som han tänkt hela vintern: hur vacker hon är, hon är den enda han tänker på, kan de inte gå efteråt och vänslas lite?

– Stopp nu, skrattar Gerda. Jag tycker om dig, jag också. Men jag är inte den som går och vänslas, så där utan vidare!

Men mer avvisar hon honom inte, än att hon svarar när han kysser henne efter den första låten. Läppar möter varandra, tungspetsar leker. Sen dansar de igen.

Isak måste åter gå avsides. Det är av oron som det trycker på nu. Lite brännvin kanske lugnar? Bosse har kvar lite på botten av dunken. Junihimlen är ljus, men klockan har passerat midnatt, dansen är snart slut.

När Isak kommer tillbaka, är Gerda osynlig. Han ser henne ingenstans, inte på dansbanan, inte i klungan av flickor nedanför, inte vid biljettkiosken.

Kanske den sista klunken var väl stor? Det är starkt, Bosses hemkokta brännvin. Gerda syns ingenstans. Inte vid chokladhjulet, inte vid luftgevären. Isak spejar också mot damtoan, men dörren står ohaspad och öppen.

Isak går runt festplatsen. Gerda är helt osynlig.

Nu ropar de ut Damernas tjuv. Isak vet vad det betyder. Tre låtar, och damerna får inte bara bjuda upp, de får komma och tjuva den karl som någon annan bjudit upp också. Det är nu, som kvinnorna visar vem de vill dansa sista dansen med. Och sedan … Han måste tillbaka till dansbanan, hon kanske står och väntar på honom!

Men om hon gör det, är hon fortfarande osynlig, Isak kan inte upptäcka henne. Vilgot Lööf är halvvägs i Stardust, när Karin i Nygården kommer fram.

– Men Isak, äntligen! Du har bara haft ögon för Gerda hela kvällen!

– Jag väntar på henne, har du sett henne?

– Nej det är en stund sedan, då var ni uppe och dansade. Men kom nu!

Karin drar honom med upp på dansbanan. Isak följer med, lite motvilligt. Hon slingrar sig om honom. Nå, två låtar kvar, Gerda kommer nog och tjuvar.

Men ingen Gerda kommer, hon är och förblir osynlig. Karin lägger båda armarna runt hans hals och pressar sig mot honom. Hon flämtar till, och halvviskar i hans öra:

– Jag vill, jag också.

Och hon famnar honom, håller fast honom, låter honom inte ens gå av banan när Damernas tjuv är slut och Sista dansen börjar. Han gör ett sista försök att se om Gerda står någonstans där runt banan, innan han ger upp. Fullständigt ger han upp. I juninattsskymningen vandrar de in bland snåren.

Klockan fem på morgonen kom Gerda Nestorsdotter hem, i Ola Bengtssons PV444 och med nedblodad klänning. Jämnt tolv timmar senare föll hennes far, Per Nestor Olausson, ihop på salsgolvet. Enligt doktorn kunde patientens kraftiga affekt ha bidragit till att utlösa slaganfallet.

Gerdas far återhämtade sig aldrig, utan dog på sjukstugan i början av augusti. Som väl var, hann han aldrig se hennes rundning.

Genom domar vid tinget fastställdes Ola Bengtsson som far till Gerda Nestorsdotters gossebarn Lars-Erik, född den 20 mars året därpå, och Isak Andersson som far till Karin Holmlunds flickebarn Eva-Maria, född den 23 mars.

Isak och Karin vigdes i samband med dopet. Ola och Gerda blev aldrig något par, han var förlovad på annat håll. Ola träffade sonen sporadiskt. Gerda tog ensam över gården.

1982 träffades Lars-Erik Nestorsson och Eva-Maria Andersson på en fest. De bor sedan många år i Upplands-Väsby, men de åker ofta upp till Tjärnåsen och stugan de i slutet av åttiotalet byggde på en tomt som styckats av från Gerdas. Här hade i många år deras barn Eva-Lotta och Andreas sitt sommarparadis.

Eva-Lotta och hennes sambo Carlos tog efter Gerdas död för några år sedan över gården i Tjärnåsen och satsar på att bygga upp ett ekologiskt lantbruk vid sidan om sina andra arbeten, som tack vare bredbandsuppkoppling går att sköta på distans. Andreas längtar emellanåt upp till Tjärnåsen och är lite avundsjuk på sin syster som vågat flytta upp, men han vet att han aldrig kommer att få med sig sin fru Sara och deras döttrar på att flytta.

Om det inte varit för osynligheten, hade det kunnat bli precis tvärtom, vad faderskapen beträffar. Frågan är om detta verkligen skulle ha ändrat historiens lopp så mycket.

Ängslycka till salu

MÄKLARSKYLTEN STÅR VID VÄGEN. Helt skoningslöst. Hon kan inte undgå att se. Den orangeröda färgen kontrasterar bjärt mot de mörkgröna granarna, som ännu inte fått årsskott. Till råga på allt lyser vårsolen på skylten. Den går inte att missa.

Det är klart nu. Danne ska sälja stugan. Åsa har inte ens helgen på sig. Redan på söndag eftermiddag blir det visning, har han bestämt med mäklaren. Klockan ett. Då ska hon ha städat.

Städa, inför hans försäljning. Fast, i ärlighetens namn är det mest hon som varit där. I vart fall de senaste åren.

Stugan ligger på en äng, helt ingärdad av skogsmark. En ängslycka. Åsa smakar på ordet, när hon kliver ur bilen och letar fram nyckeln i handväskan.

Lycka. Det är inte så det känns. Inte längre.

En trumvirvel hörs nerifrån granskogen. Hackspetten söker sin föda. Det ekar mellan skogsbrynen.

Nedra karl! Måste han sälja just nu? Han vet mer än väl, att de osäkra inkomster hon får från timvikariaten på förskolan inte räcker. Hon får inget banklån.

Muslortar och fluglik ligger på golven, och det luktar unket. Här behöver skuras med grönsåpa och rotborste. Men först måste det bli varmt. Hon sätter upp termostaterna till tjugo grader.

Stugan var deras gemensamma projekt, åtminstone i början. Även om det var Danne som ärvt den. De första åren fick stugan ny borrad brunn, trekammaravlopp och ny köksinredning, och den gamla verandan förvandlades till badrum med toa, duschkabin och tvättmaskin. Och nästan hälften av den gamla ängsmarken blev gräsmatta, med köksträdgård och blomrabatter i pallkragar.

I år ska hon inte plantera. Just nu får hon hålla tillbaka lusten att sparka till pallkragarna.

Åsa låser upp redskapsboden. Bäst ta en runda utomhus först, medan det är soligt. SMHI har lovat regn framåt kvällen.

Det är flera år sedan Danne tappade intresset. Först för stugan. Sedan för Åsa. Hon fick väl åka dit om hon ville, men själv hade han annat att göra, hette det i början. Så skaffade han egen lägenhet, men hade inget emot att hon använde stugan. Själv var han aldrig där, även om den på papperet var hans. Bara hans.

Och nu ska han sälja den. Behöver pengarna till det nya huset han ska köpa tillsammans med den där Veronika. Barn är det också på gång, har hon fått höra hos frissan.

Efter fyra månader!

Åsa suckar, där hon räfsar ihop rasslande björklöv i högar.

Barn! Tydligen är tiden mogen nu. Som den aldrig blev, när det var Danne och Åsa. Barn har hon runt sig hela dagarna, de dagar hon har jobb, men egna barn har det aldrig blivit.

Hon blickar upp. Ett par takpannor har halkat på sned, frågan är väl om inte någon har spruckit också. Nå, det får bli de nya ägarnas sak. Hon tänker inte ens borsta ur hängrännorna.

Inte någon annan utomhussyssla heller, bestämmer hon.

Inne i stugan känns det fortfarande råkallt, även om termometern krupit uppåt några grader. Hon bestämmer sig för att tända upp i vedspisen. Snart sprakar det, och värmen sprider sig i köket.

Det hörs motorljud.

Hon känner irritationen sjuda i halspulsådrorna. Vem har fräckheten att komma hit? Visningen är först i morgon!

Inte Danne, i vart fall. De är bortresta, Veronika och han.

Romantisk hotellweekend. Åsa nästan spottar ut orden.

En knackning, och så öppnas dörren.

– Hej, är någon hemma?

Åsa stirrar på en kortvuxen man med kolsvart axellångt hår.

– Lucio heter jag. Visst är det husvisning här i morgon?

Den latinamerikanska brytningen är knappt hörbar.

– Just det. Klockan ett. Välkommen tillbaka då, säger Åsa så iskallt hon kan.

– Jag visste inte att någon var hemma, säger mannen. Tänkte bara höra om jag kan få lyssna lite nu, i förväg. Det är så mycket folk på en visning, man kan inte lyssna då. Går det bra, tror du?

– Lyssna?

– Jag behöver tystnad. Rätt sorts tystnad. Ute, menar jag. Annars är jag inte intresserad.

– Här är aldrig tyst, säger hon. Inte så här års. Det är en hel orkester, med bofinkar och koltrastar och alla möjliga fåglar. Du kan gå ut, får du höra. Jag heter Åsa, förresten.

Spisen börjar bli varm nu. Hon lägger in ett par vedträn till.

Om hon skulle koka kaffe på spisen?

Ett paket kokkaffe ligger kvar i kylen. Hon fyller pannan med vatten och lägger på kaffet.

Genom köksfönstret ser hon Lucio därnere på ängen. Han går några steg i taget, stannar, ser sig omkring och står stilla några sekunder, innan han tar ännu några steg. Det ser lite lustigt ut.

Kan han hitta rätt sorts tystnad, mitt i allt fågelkvittret?

I frysen ligger bullar. Hon tar fram två och tinar i mikron.

Pannan visslar. Hon lyfter av den.

Äntligen bestämmer hon sig. Hon sätter fram två koppar på köksbordet. Så öppnar hon fönstret.

– Vill du ha kaffe?

Lucio stirrar förvirrat ett par sekunder. Så ler han och nickar.

Hon häller upp i kopparna, när kaffet sjunkit.

– Vad gott med kokkaffe! säger Lucio och läppjar. Det var längesen jag fick så här gott kaffe.

– Det trodde jag inte …?

– Att en indian från Bolivia skulle tycka om svenskt kokkaffe, menar du? skrattar Lucio. Jag bodde i Norrland i många år. Min fru kom därifrån.

– Din fru? Men vill inte hon vara med och titta?

Lucio ser med ens sorgsen ut.

– Hon dog för två år sedan, säger han efter en lång tystnad. Cancer. Det var en förfärlig tid.

Det blänker i hans ögonvrå.

– Du saknar henne.

– Så klart jag gör, suckar Lucio. Nio år fick vi tillsammans. Alldeles för lite. Men livet måste gå vidare.

Måste det?

Åsa har nog inte velat tänka så.

Fast Danne flyttat till egen lägenhet och fått ihop det med den där Veronika, har ändå inte Åsa fattat att livet måste gå vidare. På något vis har hon lyckats undvika att förstå, att hon inte kan gå där på sin ängslycka resten av livet.

Ända tills Danne ringde henne om att hon måste städa till visningen.

– Det måste väl det, medger hon.

Även för henne måste livet gå vidare. Efter Danne. Och efter stugan. Hon har bara inte insett det än.

– Och hur har det gått vidare för dig? hör hon sig själv säga. Ingen ny kärlek?

Aldrig har Åsa trott, att hon kan vara så framfusig.

Han skakar på huvudet.

– Det har inte blivit tid, suckar han. Jag har haft fullt upp med att klara vardagen, med jobbet och ungarna. Det har inte varit lätt för dem heller, att bli utan mamma så tidigt.

– Hur gamla är de?

– Carmen är sju och börjar i ettan i höst. Och José är fyra och ett halvt. Vi skulle haft ett barn till, men Camilla blev sjuk. Sedan tog det bara ett år.

Han tar en servett ur stället och torkar ögonen.

– Förlåt, säger hon. Det var inte meningen. Jag menar, jag har ju ingenting med ditt privatliv att göra. Tänkte bara att du kanske ville ha kaffe, när jag ändå hade satt på pannan …

– Det gör ingenting, säger Lucio. Det är bara skönt att få berätta. Det är sällan någon vågar fråga.

Bullarna! Hon tar fram fatet ur mikron och sträcker fram mot Lucio.

– Varsågod och doppa, säger hon. De är alldeles nybakade, direkt ur frysen.

– Både kokkaffe och hembakt! ler Lucio. Säg, varför ska du sälja det här stället?

Lika bra att vara öppen med det.

– Det är mitt ex som äger stugan, och ska sälja. Han behöver pengarna, har köpt hus med sin nya. Själv skulle jag aldrig komma på tanken att göra mig av med det här. Men nu måste jag.

– Känns det trist? frågar han deltagande.

Vad har han med det att göra?

Men hans bruna ögon vill inget ont, det ser hon. Irritationen sjunker nästan lika snabbt som den stigit. Ändå väljer hon att inte svara.

– Hur var det, hittade du någon tystnad, eller väsnades fåglarna hela tiden?

Lucio dröjer med svaret.

– Är det tillräckligt tyst?

– Det är nog rätt tystnad, säger han långsamt. Lite fågelkvitter är bara skönt. Jag tror inte jag behöver gå på visningen, jag ringer till mäklaren och lägger ett bud.

– Tänker du köpa stugan? Efter några minuter nere på ängen, med fåglarna?

– Njaee … Han drar på svaret. Jag behöver veta lite mer först, det har du rätt i.

– Då får du komma på visningen. Det är mäklaren som kan svara på frågor.

– Tror jag knappast. Inte mina frågor.

– Vad har du för frågor, som inte mäklaren kan svara på?

– Jag tror inte mäklaren vet, om du kan tänka dig att komma och hälsa på. Jag menar, om jag köper stugan. Om du vill komma hit och koka kaffe.

Vad säger han?

– Det kan nog inte jag heller svara på, ler hon. Vi får väl se.

– Jag lägger in ett bud i alla fall, säger Lucio. För säkerhets skull.

Nästa dag kommer mäklaren, en kvart i förväg. Åsa sätter sig i bilen. Under visningen har hon inget där att göra.

Vid vägen stannar hon och kliver ur. Hon rycker upp Till salu-skylten och lägger ned den på marken, under granarna.

– Konstigt, säger mäklaren. Flera spekulanter var anmälda till visningen. Fast ingen kom.

– Så tråkigt, säger Åsa.

– Det gör kanske inte så mycket, säger mäklaren. Stugan blir såld ändå. Jag fick in ett bra bud igår.

– Du får prata med Danne om det. Det är han som ska sälja. Jag har bara varit här och städat lite.

Mäklaren far iväg. Åsa sitter kvar på förstukvisten.

Vårsolen värmer litegrann.

Hon kanske ska räfsa ihop resten av löven. Ta skottkärran och köra bort till komposten bakom vedboden.

Kanske ska hon borsta ur hängrännorna också. Och byta de där takpannorna.

Kanske ska hon till och med plantera i pallkragarna, det här året också.

Om Lucio vill.

I farmors skafferi

Görans FARMORS SKAFFERI är inte som vanliga skafferier. Det är en omistlig del av det årliga sommaräventyret.

Torpstugan har ett rum och kök. I köket sprider vedspisen värme, och i rummet står en kakelugn. Men även om det är trångt i stugan, går det alltid att hitta sovplatser någonstans – i lillstugan, i härbret eller om man sätter upp tältet.

Bara resan till farmor är ett äventyr. De sista milen dras tåget av ett ånglok, som spyr ut tjocka rökmoln utanför tågfönstren. Sedan får man åka taxi från kyrkbyn de fyra kilometerna ut till Gransjö, och där väntar sommaren!

Rönnen på gårdsplanen, som farfar och farmor planterat tillsammans, är Görans första klätterträd. I bäcken sätter han upp ett vattenhjul, som hans kusin Åke hjälper honom att snickra till. Bärbuskarna får man plocka av, direkt i munnen, och nedanför ängen ligger sjön, omgiven av skogklädda bergåsar. Roligast är att bada. Göran har en simdyna av korkplattor, som ska knytas runt bröstkorgen. Men de torrsimtag, som han så flitigt övat uppe på land, vill inte fungera i vattnet.

Allra mest spännande är det hos farmor i köket. Här finns travar av kusinernas serietidningar, Fantomen och Illustrerade klassiker, här finns vedspisen och den ständigt varma kaffepannan (farmor lär honom i hemlighet dricka kaffe på bit). I köket finns den nötta kortleken, om man vill spela Kasino eller Femkort eller Svälta räv, och ofta doften av nybakade råglimpor eller kardemummabullar. Men framförallt skafferiluckan.

När något ska fram ur skafferiet, måste man först flytta undan köksbordet och stolarna. Så öppnar man en lucka i köksgolvet, och där klättrar man nedför en väggfast stege ned i skafferiet. Barnen får inte gå ned. Men farmor klättrar obesvärat ner och kommer upp med mjölpåsar, syltburkar, fjolårspotatis, saftflaskor, mjölk, ägg och allt man kan behöva.

"Källargubben tog mig inte den här gången heller," kan hon skrocka, när hon småflämtande klättrat upp och sedan lagt igen luckan med en smäll. Göran fantiserar vilt om källargubben, och om den huvudlösa yxan, och andra hemskheter där nere i mörkret.

Alla andra farliga platser är tillåtna i mån av förstånd: går man in i vedboden får man till exempel inte komma ut och ha gjort illa sig på sågen eller yxan. Klättra i träd är också tillåtet, liksom att bada, så länge man håller sig innanför vasskanten. Men skafferiet är förbjudet, och därför lockande.

En eftermiddag går Görans föräldrar på långpromenad in till kyrkbyn, med lillebror Sven i barnvagnen. Farmor sitter i gungstolen inne i rummet, försjunken i dagens tidning, och Göran fördjupar sig i traven med serietidningar. Väggklockan tickar, en fluga surrar i köksfönstret ... och så är det något annat ljud.

Långsamma snarkningar, som stötvis upphör, men ökar i styrka, ända till utblåsningen. "rrr ... rrrRR ... rrRRRR ... rRRRRRR – PSYYyyiiiihh ... rrr ... rrrRR ... rrRRRR ... rRRRRRR – PSYYyyiiiihh ..." låter det inifrån rummet, och tidningen har fallit ned på golvet. Farmor sitter tillbakalutad i gungstolen och sover med öppen mun.

Köksbordet står över golvluckan till skafferiet. Tänk om ...

För en nyfiken åttaåring kan det gå fort att fatta beslut. Som tur är står inte något av bordsbenen direkt på själva luckan. Han kan få upp en springa och titta ner. Men det ser bra mörkt ut där nere ...

Ficklampan! Som en oljad blixt rusar han ut till härbret. Bredvid sängen ligger ficklampan. Försiktigt smyger han in i köket igen.

Ingen fara, farmors snarkningar ekar i hela stugan. "rRRRRRR –
PSYYyyiiiihh".

Med ficklampan fastklämd under hakan öppnar Göran luckan.
Han hittar stegen och börjar klättra ned. Det är inte bara mörkt där
nere, det är kallt också – det isar längs hans bara ben. Han lägger ett
vedträ emellan, för att inte luckan ska falla igen helt och hållet, och
har snart nått källargolvet.

Ficklampans ljuskägla spelar runt väggarna. Där finns potatislåren
och rotsaksstukan, så här års nästan tomma. Lite här och var står
råttfällor, gillrade med ostbitar. Göran ryser – tänk om det kommer
en råtta och biter honom! I rader på hyllorna står glasburkar med
sylt, ättiksinlagda rödbetor och gurkor, konserverad svamp och
marmelad. Saftflaskor. Konservburkar. Där står också flaskor med
slånbärslikör, sådan som farmor brukar bjuda på, när hon får främ-
mande. På golvet står en back med sockerdricka och pilsner.

Farmors snarkningar hörs fortfarande där uppifrån.

Källargubben kan han inte se, men egentligen tror han inte på
honom längre. Då är det värre med den huvudlösa yxan, den kanske
ändå finns? Men han kan inte se den heller.

Längst inne i hörnet står en trälåda med lock. Den ser spännande
ut. På locket kan Göran läsa farfars namn, Petter Dahl, i snirkliga
bokstäver. Går locket att öppna? Jodå, Göran böjer undan ett par
krokiga spikar och får upp locket.

Överst ett lager träull. Göran gräver försiktigt med fingrarna och
lyfter undan den ena näven träull efter den andra. Plötsligt stöter
handen på något hårt och lätt, det har rund form och verkar sprött.
Han tar bort ännu mera träull. Ett tomt äggskal, men mycket större
än det största ägg Göran någonsin sett. Äggskalets båda ändar har
små hål – någon har för länge sedan blåst ur ägget. Mitt på äggets
sida kan Göran i ficklampans sken läsa "Strutsägg – Australien
1913". Gjorde farfar sådana långresor?

Nu stöter fingrarna emot något, som verkar tyngre. Han drar upp
en skamfilad och flera gånger lagad gipskatt. Under kattens mage
står det "Capri 1911".

Varför står den här lådan här, nere i skafferiet? Om det här är minnessaker från farfars resor, ska väl farmor ha dem framme, så man kan titta på dem?

Han gräver vidare i lådan. Ett kuvert. "Paris 1910" står det utanpå. Det verkar ligga lite styvare papper i kuvertet, inga vanliga brevpapper.

Kuvertet är igenklistrat. Göran lyssnar. Snarkningarna hörs fortfarande. Ska han våga öppna kuvertet? Då märks det ju på en gång, att han varit nere i skafferiet. Men farmor verkar inte titta i lådan så ofta …

Försiktigt försöker han öppna kuvertet. Men det blir en stor reva.

I kuvertet ligger vykort. Men inga vanliga vykort, sådana med kyrkor eller statyer på, utan svartvita kort med tanter på. Tanterna har konstiga frisyrer och ler på ett larvigt sätt, och så verkar de inte ha hunnit klä på sig riktigt, innan fotografen kom. En har korsett, en sitter i bara nattlinnet på en säng, en håller visst på att dra på sig strumporna … vilka tokiga tanter!

Det knarrar till i gungstolen där uppe. Tänker farmor vakna nu? Nej, hon snarkar fortfarande. Men nu vågar inte Göran stanna kvar längre i skafferiet. Fort trycker han ned kuvertet längst ned i lådan, fyller på med träullen, gipskatten, strutsägget och mera träull och lägger på locket. Så försöker han böja dit de där spikarna igen, han får ta i så hårt han kan. Han klämmer fast ficklampan under hakan igen och klättrar upp.

SLAM!!!

När golvluckan slår igen, vaknar farmor.

– Men vad i all sin dar var det?

– Jag … jag vet inte, stammar Göran.

– Har du varit i skafferiet?

– Neej … jo förresten, jag öppnade luckan och tittade ner lite.

– Det vet du ju, att du inte får. Du kan ramla ner, och så kommer kanske källargubben och tar dig.

– Jag tror inte på källargubben.

– Nå, du får i alla fall inte öppna luckan, och så är det inte mer
med det. Ut och lek nu!

Göran skyndar sig ut. Tur att farmor inte såg hans dammiga tröja!
På lillstugans veranda river han av sig kläderna och drar på sig bad-
byxorna. Så springer han ned till sjön och rusar ut i vattnet. Han går
ända ut till vasskanten och doppar sig hel och hållen.

Strax efter det att Göran kommit upp från stranden, kommer
mamma och pappa och lillebror. I handen håller pappa en tårt-
kartong från konditoriet. Farmor sätter på nytt kaffe, och nu blir det
tårtkalas i bersån.

– Grattis på Johanna-dagen! säger pappa.

– Tänk att ni kom ihåg mig! säger farmor och låter rörd.

– Har Göran varit snäll medan vi var borta?

– Det tror jag nog – jag till och med somnade en stund, säger
farmor.

Många år senare hittar Göran trälådan igen. Efter farmors död ska
stugan säljas, och Göran och hans fru Inger städar ur den till-
sammans med Sven och hans familj. Göran har gått ned i skafferiet
med en sladdlampa. Flera år gamla syltburkar, saft som uppenbar-
ligen jäst – det är inte mycket att ta vara på där nere, man får väl
tömma ut det på komposten. Han langar upp burk efter burk genom
luckan, där Inger står på knä och tar emot.

Plötsligt stöter han till något med foten. Han tar sladdlampan och
lyser nere vid golvet. Där står lådan – han känner genast igen den.

– Ta emot den här försiktigt – den innehåller ömtåliga saker! säger
han och lyfter upp lådan till Inger.

Göran klättrar upp. Inger håller redan på att öppna lådan. De
krokiga spikarna går av med en gång, när hon försöker böja dem.

Under träullen ligger strutsägget, fortfarande helt efter alla år.
Gipskatten också, och nu ser Göran hur ful den är.

– Ett ägg och en katt – varför sparar man sånt i en låda i skafferiet?
säger Inger roat.

– Inte vet jag – det är nog souvenirer från farfars resor, när han
var ung.

– Ja men, i skafferiet?? Förresten, här ligger något mer!

Inger håller upp kuvertet.

– Franska kort!!! Ojojoj, det hade jag verkligen inte väntat mig att
hitta i din farmors skafferi! Inger tjuter av skratt.

Göran tar upp kuvertet. ”Paris 1910” står det fortfarande utan-
på. Men där står något annat också, med farmors spretiga och svår-
lästa handstil. Han håller upp kuvertet mot ljuset.

Där står

Till Göran.

Ljuständning

DET ÄR ALLHELGONAAFTON. En mycket speciell kväll. Om en stund ska jag gå till kyrkogården och tända ljus för mina döda. En vacker tradition, det brukar vara mycket stämningsfullt.

Gravljus har jag köpt. Åtta stycken, kassen känns nästan lite tung. Men den bördan väger ändå lätt, jämförelsevis.

Det snöar lätt, det lyser upp av snön på marken.

Jag brukar vänta till ganska sent, innan jag går till kyrkogården. Det är bäst. Det finns möten jag vill undvika. Och så vackert med alla ljusen som redan brinner.

Först går jag, som varje Allhelgonaafton, till Evas grav. Den enda graven, där det inte brinner något ljus. Inte förrän jag ställer dit mitt.

Den graven har en alldeles särskild betydelse för mig. Eva var först, hon har varit borta åtta år nu.

Det var egentligen inte meningen. Eva var ensam och gjorde inget väsen av sig. Ingen människa kunde ha någon rimlig anledning att önska livet ur henne.

Och ändå var det så lätt. Jag bara tog ett litet kliv ut i körbanan, jag ville att hon skulle stanna med cykeln, så vi skulle få en pratstund. Hon var ändå trevlig att prata med, Eva.

Det var halt. Hon måste ha vinglat till när hon såg mig, för plötsligt låg både hon och cykeln på asfalten. Lastbilschauffören hade inte en chans att stanna, framhjulet gick rakt över hennes huvud. Jag fick kasta mig åt sidan för att inte träffas av släpet.

Så hastigt kan ett människoliv utsläckas. Jag hade aldrig tänkt på det förut.

En bit längre bort, i kyrkogårdens utkant ner mot älvbrinken, finns en barngrav. För visst måste det väl räknas som barngrav, för någon som bara blev tolv år gammal?

Ludvig var egentligen inte elakast i pojkgänget, tvärtom. Men han ville väl visa sig tuff och få vara med de större grabbarna.

Lite busliv får man stå ut med, när man bor i hyreshus, det har jag alltid sagt. Åtminstone i ett hyreshus med barnfamiljer. Att det klottras lite här och pangas någon fönsterruta lite där är ingen katastrof, så länge som någon tar ungarna i hampan.

Men ett par av grabbarna i det här gänget bet ingenting på. Kevin och Liam, tror jag de hette. Bröderna Svensson i 43:an. Försökte man tala förstånd med dem, hånlog de bara och sa att man inte skulle våga röra dem, för då skulle de anmäla en. Det hjälpte inte att försöka tala med föräldrarna heller. Deras ungar var det minsann inga som helst fel på.

Kärringdjävlar skulle passa sig, fick man veta.

Ibland slängde de in någonting på min balkong, eller bara drog med en käpp över den veckade plåten på balkongräcket. Det lät förfärligt illa.

De klättrade upp i trädet intill, eller på en stege de hade snott någonstans, för att komma åt. Jag bor ju på tredje våningen.

En kväll stod jag i vardagsrummet, när jag hörde ljud utifrån balkongen. Jag hade lämnat dörren på glänt. Då såg jag stegen mot balkongräcket.

Jag gick ut och knuffade till stegen, lite lätt. Eller om jag tog i en smula, jag minns inte så noga. Jag tror inte det spelar någon större roll, de där grabbarna var ändå uppe på fler balkonger i huset, och strängt taget kunde ju vem som helst ha knuffat till stegen.

Hur det gick till vet jag inte riktigt. Men pojkarna Svensson måste ha skickat upp Ludvig på stegen. Det var väl roligare att få honom att göra rackartyg än att göra det själva, förstås. Själva låg de nog i buskarna och tryckte.

Att han hade hunnit så högt upp på stegen förstod jag inte. Men när stegen föll, måste han ha fastnat med halsduken på något vis. Han hade inte en chans, pojkstackarn, han ströps i sin egen halsduk.

Jag berättade naturligtvis för poliserna om det där pojkgänget och vad de ställde till med för rackartyg. Men bröderna Svensson blånekade till att överhuvudtaget ha varit i närheten av min balkong. Och deras pappa intygade på heder och samvete att de varit inne och spelat tevespel hela kvällen.

Ska man inte ha heder och samvete, om man ska kunna intyga något på det?

Jag kan nästan inte hålla tillbaka en tår, när jag tänder ljuset för Ludvig. Tolv år, tänk, han skulle ha haft hela livet framför sig. Nu till våren skulle han ha tagit studenten.

Tre gravkvarter bort från Ludvigs grav ligger Vera. En ärans satkärring, om jag får säga det själv. For alltid med skitsnack om folk. Och var nånstans i huset skulle fanskapet bo, om inte precis ovanför tvättstugan?

Det kändes som att man trängde sig på, när man gick ned med tvätten. Det var som om tvättstugan var hennes privata territorium.

Rätt som man stod där och vek tvätt kunde det kännas att man inte var ensam. Och där stod hon i dörröppningen, iskallt stirrande. Gick man upp i lägenheten medan maskinerna gick, kunde det ligga små lappar med synpunkter på både det ena och det andra, när man kom tillbaka. Det hände till och med att hon strök tvättider som andra hade bokat, och skrev dit sig själv i stället. Fast det råkade aldrig jag ut för.

Men jag fick nog. En eftermiddag, när jag hade tvättstugan, mötte jag städerskan, som precis våttorkat trappen.

Vi har så vackra stentrappor i huset, mörkbruna, med ortoceratiter i, tror jag det heter.

– Vad fint du gör, sa jag, för det är ju trevligt om någon säger något snällt till en.

– Ja, det blir blankt med återglans, sa hon och log.

Stackarn, det blev hon som fick sitta i polisförhör efteråt. Och det fast det var jag som tjyvlånade hennes flaska en stund och la ett tjockt lager på den sista halvtrappan ner till källaren. Men de kom ju fram till att hon inte kunde rå för det.

Det var jag som packade centrifugen asymmetriskt och körde igång den. Jag visste att jag skulle ha ungefär fyrtiofem sekunder på mig, innan jag måste vara uppe i min lägenhet. Centrifugen brukade föra ett prima oväsen, när den var ojämnt packad och kom upp i varv.

Mycket riktigt låg Vera i källartrappan, när jag var på väg ned till tvättstugan igen för att hänga tvätten. Jag ringde förstås ambulansen. Men inte ens de kan ju göra något åt en bruten nacke och svåra skallskador.

Det står ett ljus på Veras grav. Det är väl dottern. Så ofta träffades de inte när Vera var i livet, de var inte särskilt goda vänner, mor och dotter. Kanske blir det oftare nu, det har stått ljus på graven varje Allhelgonaafton. Jag tänder mitt ljus och ställer bredvid.

De båda lågorna lyser upp snön. Till och med Veras grav ser fridfull ut.

Ett ensamt slag hörs från kyrkklockan. Halv timma. En vacker klang i gjuten mässing.

Strax intill ligger Rut. Hennes grav är speciell. Barnen sköter den så bra, det är alltid nya växter där, alltefter årstiden. Nu är där alldeles fullt av granris och ljung. Det är fint att se att de fortfarande älskar henne så.

Det står folk där. Det är nog barnen och deras respektive. Jag vill inte tränga mig på, eller rättare sagt vill jag inte bli sedd, så jag tar en promenad runt gravkapellet och kommer tillbaka lite senare.

I och för sig vet Ruts barn att vi stod varandra nära, Rut och jag. Men det känns onödigt ändå att utsätta sig för risken.

När jag kommer tillbaka, har de gått. Fyra gravljus står bland ljungen och granriset. Det ser stillsamt och högtidligt ut, nästan vackert. Det skulle ha passat Rut.

Rut och jag träffades redan på gymnasiet, och hängde ihop i alla år. Genom förälskelser, barnafödslar och skilsmässor. Vi stod alltid varandra nära.

Om jag inte hade tagit den där tredje Gröna hissen den där januarikvällen på Stadshotellet, hade det kanske inte hänt. Men man blir ju lite dum, när man är på pickalurven.

Om jag bara varit lite nyktrare, hade jag nog kunnat tala allvar med Rut. Man tar inte bytet ur mun på varandra, när man jagar i flock. Eller mer konkret: har jag spanat in en snygging på dansgolvet, ska hon låta bli honom.

Hade jag varit ännu nyktrare, skulle jag nog också insett att karln också kunde ha något att säga till om. Han kanske till och med tyckte Rut var snygg.

Inte helt fel i så fall. Rut behövde inte många minuter vid spegeln för att se sexig ut. Själv måste jag alltid ägna en god stund att sätta på mig ansiktet inför en danskväll.

Hur som helst, den där snyggingen som jag hade spanat in kom och bjöd upp Rut. Gång på gång. Och hon slingrade sig kring honom tätare och tätare, och hans händer vandrade längs hennes ryggrad, ner på hennes rumpa.

Det var ju på min rumpa de skulle vandra!

Fjärde gången han kom reste hon sig, nästan innan han hunnit fram till bordet.

Det var då jag plockade fram pillret i handväskan och smög ned i Ruts drink. Sedan såg jag till att bli uppbjuden.

Man ska inte lämna sin drink obevakad, när man är ute och dansar. Rut borde ha vetat det. Vem som helst kan lägga vad som helst i glaset.

Vad det var för piller vet jag inte riktigt, men rättsläkaren gjorde säkert en analys. Det var något som hade blivit över på jobbet. Det är inte bra när man proppar i gamlingarna för mycket tabletter. Och alla mediciner går inte ihop med alkohol.

Jag skulle aldrig ha tagit den där tredje Gröna hissen. Det hade varit fint, om Rut och jag hade kunnat fortsätta och ringa till varandra, och gå ut och ha lite roligt tillsammans. Vi stod ändå varandra så nära, i alla år.

Jag tänder ett ljus och sätter på Ruts grav. Det är knappt att det får plats bland barnens ljus, mitt bland ljungen och granriset, men jag tränger in det. Ingen stod henne ändå så nära som jag.

Fyra ljus kvar. Jag går en bra bit bort, till en annan del av kyrkogården. Det blir fotspår i snön, men det spelar ingen roll. Många har varit ute i kväll, och det snöar fortfarande.

Axels grav är också välskött, och tre ljuslågor flämtar. Barnen har varit här med Signe.

Jag går fortfarande hos Signe, men nu är det bara ett par timmar med städningen var fjortonde dag. Det var annat på Axels tid, då var jag där flera gånger om dagen.

Gubben var så borta på slutet, att han borde ha fått komma in på Solgården. Om inte annat så för Signes skull. Jag kan inte begripa hur hon orkade.

Och när han hade ramlat och brutit lårbenshalsen!

De skickade hem honom från ortopeden efter bara några dagar, när de kommit på att han var alldeles för dement för att kunna ta till sig någon rehabilitering. Och Signe tog hem honom, fast han inte kunde begripa varför han hade ont i benet och måste ligga till sängs.

Ärligt talat förstår jag inte varför hon inte själv slog ihjäl honom. Men hon älskade nog honom över allt annat, trots att de hade skilda sovrum de sista åren.

Femtiotvå år fick de tillsammans. En kväll när jag nattade honom, tog jag helt enkelt extrakudden och höll mot hans ansikte. Det tog en stund, men sedan blev det lugnt. Jag stoppade in kudden där den skulle ligga, mellan hans knän, sade god natt till Signe där hon satt i vardagsrummet framför teven, och åkte därifrån.

När nattpatrullen kom, hade han redan varit död i fyra timmar.

Det är mysigt att gå hos Signe. Hon har fortfarande Axels porträtt på hedersplatsen, mitt i bokhyllan. Och hon verkar så lycklig över de femtiotvå åren som de fick tillsammans.

Nu brinner mitt ljus på Axels grav också.

Kalle har ingen gravsten. På sin egen begäran i testamentet är han urnsatt i minneslunden. Jag får sätta ett ljus där, bland de andra i hållaren.

Det är vackert med minneslundar. Och praktiskt. Jag menar, det är ju ingen som vet vem det är jag tänder ljuset för, hur mycket folk det än är där. Vid de andra gravarna kan folk bli misstänksamma. Det är därför som jag går sent till kyrkogården, när andra redan har varit där och tänt sina ljus.

Inte bara för att det är så vackert när alla ljusen brinner i mörkret och lyser upp snön, som nu i kväll.

Att Kalle skrivit ett testamente var nog oväntat för de flesta. Men det fanns där, bevittnat och allt, i gott förvar hos advokaten.

Kalles begravning borde ha blivit riktigt billig. Jag menar, inte bara för det med minneslunden, där sparar man in en slant. Men han var ju dessutom redan halvt kremerad, inte kan de väl ha behövt ta full betalning där?

Å andra sidan kostade det säkert en hel del att återställa hans lägenhet i beboeligt skick.

Kalle var en riktigt trevlig granne i sina nyktra perioder. Men annars söp han hårt, och då var det inte nådigt att bo i närheten.

Att stänga dörren om sig var inte tal om, han blev väl sällskapssjuk och trodde att man skulle titta in om det stod öppet. Det luktade gammelfylla och cigarrettrök i hela trappuppgången, när Kalle var på det humöret. Och så stod teven på högsta volym, ja han var lite lomhörd också när han var nykter förstås.

Värst stank det mot slutet av hans perioder, då drack han T-röd. Man blev riktigt orolig.

Ibland gick jag in och stängde av teven, när Kalle hade somnat. Eller rättare sagt ankrat på soffan, det där med att gå ut i badrummet och kissa och borsta tänderna och sedan krypa ned mellan lakan fanns inte för honom i de där perioderna. Han brukade ligga där på soffan, fullt påklädd. Ibland hade han en stor blöt fläck framtill på byxorna.

Man vill ju inte lägga sig i mer än nödvändigt. Men jag brukade stänga av teven, och släcka cigaretten, om den låg och pyrde i askfatet eller någon annanstans.

Den här kvällen hade han kräkts i soffan också, innan han slocknade. Det såg ganska oaptitligt ut där han låg med halva ansiktet i den där blaffan och med handen framför sig på soffbordet. Flaskan med T-sprit hade ramlat omkull, den också, jag tror det hade runnit ut lite.

Går det så går det, tänkte jag, och så tände jag en ny cigarrett åt honom och satte den mellan hans fingrar. Innan jag stängde ytterdörren, såg jag hur bordduken flammade upp.

Sängrökning är farligt. Även om man ligger i soffan. Visste Kalle om det?

Det är ett par år sedan nu. Tänk vad tiden går. Kalle har det bättre där han är nu. I minneslunden. Och jag behöver inte längre vara orolig för vad som skulle kunna hända.

Snöandet tilltar. Det är bra. På några minuter är alla spår borta.

Och blåsten får lågorna att fladdra och flämta.

Det sägs att det angenämaste sättet att dö på är att drunkna. Hur nu någon kan veta det, hur jämför man?

Om det nu verkligen är så, då är inte livet rättvist. Eller det kanske är döden som inte är rättvis.

Egentligen är det konstigt att de lyckades hitta Sven där i mörkret på Ålands hav. Men nu ligger han här, på den gamla delen av kyrkogården. Jag vet inte varför, det kanske är fint folk som gravsätts här, och Sven var ändå äldreomsorgschef i kommunen i flera år. Och när han dog, hade han precis blivit VD i det nya hemtjänstbolaget, från den förste januari. Min högste chef. Jag vet inte hur mycket han höjde sin lön, när hemtjänsten bolagiserades.

Det var några veckor in i januari. Vi fick nya rockar, med en leende smiley på, och så skulle vi allesammans åka på Ålandskryssning. Eller kickoff, som Sven kallade det.

Han anade inte hur rätt han skulle få.

Normalt röker jag inte. Man vill ju vara rädd om sin hälsa. Men vid festliga tillfällen kan det hända, att jag tackar ja till en cigarett.

Vi hade ätit i matsalen där på båten, det fanns mycket gott på buffébordet. Efteråt skulle vi sätta oss i baren där vid dansgolvet. Inte för att de har några vidare orkestrar på båtarna, men det är trevligt ändå.

På vägen dit frågade Sven om jag ville följa med ut på akterdäck, han skulle ta sig ett bloss. Och jag var faktiskt sugen på en cigarett, så jag tackade ja.

Det är inte var dag man efter en god middag står på tu man hand med sin högste chef under en stjärnklar vinterhimmel på Ålandsfärjans akterdäck. Jag tror inte riktigt vi var ute på öppna havet, man kunde ana kobbar och skär därute i mörkret, någonstans i det svarta kalla vattnet långt därnere.

Häruppe kunde man höra motorernas gång. Fyrtioåttatusen hästkrafter, sa Sven. Jag tyckte det lät mycket.

Vi var ensamma på akterdäck. Ingen såg oss.

Jag tror jag frös lite. Han märkte det och lade armen om mig, där vi stod lutade mot relingen. Det kändes fint, chevalereskt på något vis.

Men då fick han för sig att det var fritt fram. Han försökte klämma mig på bröstet, och sa att han hade funderat på om inte jag skulle bli bra som gruppchef. Vi kunde diskutera det i hans hytt, om jag var intresserad.

Han antydde visst också något om en whiskyflaska.

Först blev jag alldeles kall. Hade jag hört rätt? Sedan kom ilskan.

Man blir ganska stark, när man arbetar i hemtjänsten. Många gånger har jag lyft människor som varit dubbelt så tunga som jag.

Sven var lättare än så.

Jag tog tag i hans hand, som kupade sig om mitt bröst. Men jag tog inte bort den. Bara för att han skulle tro, att jag gillade det. Det är lättare att lyfta människor, om de inte spjärnar emot.

Jag tror han hade tankarna på något helt annat, när jag tog ett stadigt tag om hans hand med båda mina, vred mig åt vänster och knyckte till med höften.

En bild har etsat sig fast på min näthinna. Det är när han under bråkdelen av en sekund låg på rygg och balanserade på relingen och sprattlade med alla fyra.

Det var nog ilskan som gav mig kraft. Jag hörde inte ens plasket för maskindånet. Inte vet jag hur jag nådde upp med foten. Men jag sparkade faktiskt ner honom i vattnet, det svarta kalla havsvattnet därnere.

Det var ju kickoff det skulle heta, det vi var på.

Någon måste ha hört mitt skrik. Plötsligt var det fullt med folk där på akterdäcket, och ett förskräckligt oväsen när de slog back i maskin och gick tillbaka. Så firade de ned en båt.

Hur de lyckades hitta honom vet jag inte. Men då hade han legat i vattnet i säkert tjugo minuter, och i den kylan överlever man inte så länge.

Jag kan inte direkt säga att jag sörjer Sven. Chefer som får för sig att man är beredd att gå sängvägen till fördelar i jobbet har jag inte mycket till övers för. Men jag tänder ändå ett ljus på hans grav.

Han är ändå en av mina döda, han också.

Sist besöker jag den urngrav, där Ingers aska ligger. Maken har varit här och tänt ljus och borstat av snön från stenen, men den är ändå redan nästan översnöad.

Stackarn, det är första Allhelgonaaftonen för honom. Han sörjer henne fortfarande djupt, sådär tröstlöst. Det syns på honom, jag brukar se honom på ICA.

Han ler alltid så tacksamt, när jag frågar hur det är. Han anar inte.

En som däremot anade var Inger.

Hur mycket hon förstod vet jag inte. Bara att det var för mycket.

Jag tror aldrig Inger såg mina rundor på kyrkogården, eller ens när jag köpte ljusen. Men ibland ställde hon så konstiga frågor. Liksom utforskande.

Det var väl inte hennes problem att det dött folk i min omgivning? Men ändå frågade hon, gång på gång.

Sådär påträngande. Och ändå inte ovänligt, så man hade kunnat snäsa av henne.

Mest frågade hon om Axel, hon gick ju också hos honom ibland. Om jag hade sett något, när jag nattade honom, något tecken på att han var på väg att dö?

Såklart att jag inte gjorde. Läkaren som konstaterade dödsfallet skrev ju att han dött en naturlig död i sömnen, och Signe skulle aldrig ha gått med på att han skulle obduceras. Det var nattpatrullen som hittade honom död i sängen, där jag lagt honom några timmar tidigare. Allt gick lugnt och fridfullt till.

Så fridfullt det nu kan gå till med en dement nittioåring som inte förstår varför han har ont i benet. Lite våldsamheter har alltid ingått i det här jobbet.

Inger frågade också om Sven. Hade jag inte sett att han höll på att ramla i? Och fanns det inte någon frälsarkrans att slänga ut till honom?

Men snälla Inger! Vi var på däck 9, det var kanske tjugo meter ner till vattnet! Det skulle aldrig ha fungerat med en frälsarkrans däruppifrån akterdäck. Det var väl därför som det inte fanns några.

Själv låg hon nedbäddad i flunsan och inte kunde följa med på Ålandskryssningen. Eller kickoffen, hette det ju.

Det gick väl an, så länge hon frågade om Sven eller Axel. Hon kände ju både två, hon hade Sven som högsta chef, hon också.

Men jag kunde aldrig fatta vad Inger hade med Ruts död att göra, vem som kunde ha lagt piller i hennes glas. Polisen hade ju redan lagt ned utredningen, spaningsuppslag saknades.

Sen började hon fråga om Vera. Hur kunde trappen ha blivit så hal?

Ju mer Inger intresserade sig för mina döda, desto mer rädd blev jag. Hur mycket hon förstod eller anade visste jag inte, men jag insåg att hon kunde bli farlig. Hon måste bort, helt enkelt.

Hon fortsatte att fråga. Om Ludvig, och om Kalle. Om det inte var otäckt med tre dödsfall så nära inpå där jag bor? Var det inte mycket skvaller bland grannarna i huset? Det blev riktigt påfrestande med alla hennes frågor.

Till slut började hon fråga om Eva också.

Det blev olidligt. Vart och vartannat arbetspass som vi jobbade ihop blev som ett enda långt polisförhör. Samma frågor kom gång på gång, och jag blev allt mer rädd att jag skulle råka försäga mig.

Det är otäckt när folk börjar förstå för mycket.

Jag tänker inte avslöja hur Inger dog. Polisutredningen är inte klar än, och jag vill inte föregripa den.

Men jag tänder mitt åttonde ljus och sätter det på Ingers grav.

En död för vart år. Det börjar bli tradition.

Mässingsklangen från kyrkklockan hörs igen. Nio slag. Klockan är nio, min kasse är tom, jag är klar med ljuständningen. Dags att gå hem.

Till nästa Allhelgonaafton ska jag köpa nio ljus.

Place du Tertre

Jean-Pauls arbetsdag skulle ha kunnat börja bättre.

Som vanligt har han kommit i god tid till sin hyrda kvadratmeter på torget, ställt upp parasoll och staffli, hängt upp sina färdiga Parismotiv på skyltstället och börjat klämma ut färger på paletten. När han arbetar på torget använder han billiga och snabbtorkande akrylfärger, så att turisterna efter en stund kan ta med sitt färdiga porträtt, inslaget i brunt omslagspapper.

Konkurrensen bland målarna på Place du Tertre, konstnärstorget ett stenkast från Sacré Coeur och Salvador Dali-museet, är knivskarp. Turisterna strövar omkring, antingen fritt och planlöst eller i flock, anförd av en pratglad guide. Ska man kunna kränga en målning har man bråkdelen av en sekund på sig att väcka intresse. Utstyrseln är viktig: basker förstås, och en målarrock med färgfläckar är obligatorisk. Självklart måste man ha Eiffeltornet, Triumfbågen och Sacré Coeur i alla upptänkliga belysningar hängande på skyltstället. Någon kan ju stanna och köpa en tavla.

Men den verkliga utmaningen, och det som går med någon ekonomisk vinst, är porträttmåleriet. Turisterna betalar en slant för att sitta modell och kunna ta med sitt porträtt hem. Hur mycket man kan få betalt är en förhandlingssak. Jean-Pauls starka sida som porträttmålare är ögon. Flera av kollegorna på torget har beundrat och försökt efterlikna hans sätt att få fram det där melankoliska uttrycket i ögonen.

Jean-Paul borde veta sitt värde. Vem som helst kan inte ställa upp ett staffli på Place du Tertre. Själv fick han köa i tio år, innan en arbetsplats blev ledig, och han måste dokumentera sina konstnärliga kvaliteter inför den kommunala myndigheten i 18:e arrondissementet. Årshyran ska betalas punktligt, och han kan inte heller använda platsen varje dag utan delar den med en konstnärskollega. Det passar Jean-Paul förträffligt: han skulle aldrig orka med att sitta på torget varenda dag. Andra dagar arbetar han i en ateljé inte långt härifrån. De är några kollegor som delar på hyran, och ibland tecknar de också croquis tillsammans. Att teckna efter nakenmodell är en nödvändig övning, om man inte ska bli ringrostig.

Men den här morgonen har Jean-Paul svårt att förstå sitt värde. Just när han hängt upp sin lilla utställning av Parismotiv på skyltstället kommer en duvflock. Vem vill köpa tavlan med ett Eiffeltorn, effektfullt draperat i duvspillning? Jean-Paul skyndar sig att torka bort, men flera av målningarna går inte att rädda. Möjligen kan han ta hem dem till ateljén, skrapa av färgen och använda pannåerna på nytt.

Sedan kommer en tvåbarnsfamilj, flickorna är kanske nio och sju år. Jodå, pappan vill gärna ha båda flickorna porträtterade. Men fort ska det gå, för de ska också hinna med Disneyland Paris idag.

– *Poorkwa impossibel paint deux portraits in half an hour?* undrar mamman på sin turistfranska. Vilket språk hon bryter på är svårt att definiera.

Jean-Paul försöker förklara att det är en komplicerad uppgift att fånga en människas karaktär och fästa den på duken, och att arbetet därför måste få ta sin tid, men så mycket franska begriper ingen av föräldrarna. Det blir inget porträttjobb, men pappan insisterar på att få ta en selfie med målaren och hela familjen flockad kring staffliet. Först när Jean-Paul begär tio euro stoppar pappan ned mobilen.

Jean-Paul försöker skaka av sig förödmjukelsen och sätter upp en ny pannå på staffliet. Han tar fram ritkolet och tecknar med van hand konturerna av Sacré Coeur. Så tar han palett och penslar och målar upp en bakgrund, innan han ger sig i kast med att fånga ljusets och skuggornas lek på basilikans fasad.

Då kommer en kraftig regnskur. Skyltstället står under parasollet, men den halvfärdiga målningen står helt oskyddad. Akrylfärgerna löses upp av regnvattnet och rinner ned på torgets stenläggning.

Nej, dagen har i sanning kunnat börja bättre.

Jean-Paul är fortfarande på dåligt humör, när han efter en lunchpaus med löksoppa på caféet om hörnet är tillbaka vid staffliet. Regnet har upphört, och solen tittar fram mellan molntapparna. Ska han sätta upp en ny pannå och börja på med Sacré Coeur igen? Han kan inte riktigt bestämma sig.

Det är då det händer. Han får en kund.

På långt håll har han lagt märke till kvinnan. Hon har långsamt gått längs raden av konstnärer, betraktat de utställda målningarna, funderat en stund och gått vidare. Men hos honom stannar hon.

Utan att pruta betalar hon den summa Jean-Paul begär, hänger av sig kappan och sätter sig tillrätta på stolen.

Han gör som han brukar. Sätter upp en pannå på staffliet, klämmer ut färger på paletten och tar fram rena penslar, medan han småpratar med sin modell och försöker få henne att slappna av.

Jean-Paul börjar med att grovt måla kvinnans ansiktshud i komplementfärgerna. I nästa skikt kommer han sedan att lägga de verkliga färgerna, som då får ett extra djup. Medan komplementfärgerna torkar lägger han en lätt bakgrund och börjar sedan arbeta med den djupröda klänningen, som går högt upp i halsen.

Men det är något märkligt med den här kvinnan, något som Jean-Paul inte begriper. Det är inte bara det att hon följer hans minsta rörelse med en intensiv blick. Hans arbete går också ovanligt lätt. Han vet precis hur han ska göra.

Ansiktets proportioner blir de rätta, utan några som helst svårigheter. Pannans välvning, ögonbrynens kurvor, hur högt kindbenen sitter, näsans lätta krökning, munvinklarna ... alltsammans sitter, på första försöket.

Ansiktet är det viktiga, det som säger något om personens karaktär. Men Jean-Paul kommer på sig själv med att intressera sig för kvinnans hals. Helst skulle han önska att klänningen inte skulle gå så högt – tänk att få med hennes nyckelben på tavlan!

Han vet exakt hur nyckelbenen avtecknar sig under hennes hud, hur skuggorna faller. Men han förstår inte hur han kan veta det.

Hur kan han känna till hennes födelsemärke på axeln? Klänningen döljer det effektivt, men han vet om det ändå. Han behöver inte ens fråga.

Nej, det går inte att ställa en sådan fråga. *"Excuse-moi, madame! Avez-vous une tache de naissance sur votre épaule?* Ursäkta madame, har ni ett födelsemärke på axeln?" Man får inte skandalisera sin modell. Säkrare sätt att förlora en kund finns knappast.

Jean-Paul börjar arbeta med kvinnans hår. Pageklippt, rakt, når ned till axlarna men inte längre. Här räcker inte femtio nyanser av grått. Han motstår frestelsen att måla håret svartare än det är.

Men det borde vara svartare. Han känner det starkt.

Nu sätter han igång med ansiktsfärgerna. Med komplementfärgerna som grund får han fram en yta som nästan känns som levande hud. Akrylfärgerna torkar snabbt, och han blir nöjd med resultatet.

Så är det ögonen. Jean-Paul vill egentligen måla de melankoliska ögon han gör på sina bästa porträtt. Men när han möter kvinnans blick, stämmer det inte. De här ögonen är långtifrån sorgsna. Snarare glittrar de av glädje.

Han försöker ändå med den melankoliska varianten, men det vill inte fungera. De ögonen passar helt enkelt inte in i det här ansiktet. Med en resignerad suck målar han om ögonen, och får den här gången in glittret.

Jean-Paul reser sig från pallen och visar med en gest, att hon kan ställa sig vid staffliet och betrakta sitt porträtt.

– *Vous êtes satisfaite, madame?* Är ni nöjd, madame? frågar han.

Hon ler och ställer en motfråga.

– *Tu ne me reconnais plus?* Känner du inte längre igen mig?

Hon duar honom. Har de setts tidigare? Jean-Paul blir riktigt förvirrad.

– *Mon nom est Kajsa*, jag heter Kajsa.

Vilken Kajsa?

– Det är många år sedan, säger hon. En gång var jag bottenlöst förälskad i dig. Fast jag tror inte att du någonsin märkte det.

– Nu fattar jag inte. Du var förälskad i mig?

– Jag läste på Sorbonne. För att dryga ut studielånet tog jag kontakt med en konstskola. När det var croquisteckning på schemat stod jag modell.

– Skolan hade inte så lätt att få tag i modeller, minns jag. Ibland fick vi vara modell åt varandra.

– Jag stod där, utan en tråd på kroppen, och lät mig betraktas av femton testosteronstinna killar, några år yngre än jag, berättar Kajsa. Ja, det brukade vara några tjejer med också, och naturligtvis skolans lärare. Fem minuter åt gången måste jag stå i exakt samma ställning, innan jag fick paus och kunde svepa in mig i en filt. Sedan skulle jag stå på något annat sätt.

– Jag kommer ihåg hur det var, när jag själv stod modell, säger Jean-Paul. Vad jobbigt det var!

– Alla ögonpar som riktades mot mig, skärskådande varje kvadratcentimeter av min nakna kropp! Men det var bara en av alla dessa blickar som jag försökte fånga hela tiden.

– Menar du …?

– Jag stod där och bara önskade att du skulle se mig, förklarar Kajsa. Inte bara min kropp, utan det som var jag.

Jean-Paul sluter ögonen. För sin inre blick kan han se salen med de stora takfönstren och halvcirkeln med stafflier. Och mitt i alltsammans en kvinna med långt svart hår och ett födelsemärke på vänster axel. Spritt naken.

– Om jag bara hade kunnat fånga in din blick, och fått dig att förstå att du skulle bjuda ut mig på middag! säger Kajsa. Men du gick bara upp i ditt tecknande.

– Vad hände sen?

– När terminen var slut åkte jag hem till Stockholm. Och där är jag fortfarande, fyrtio år senare. Jag gifte mig, fick två döttrar och skilde mig. Undervisar i franska på ett gymnasium. Och du? undrar hon.

– Jag kom till Place du Tertre. Och jag är sambo sedan många år. Min pojkvän heter Lucien och är kock. Får jag kanske bjuda på middag på hans restaurang, den ligger inte långt härifrån?

Kajsa funderar två sekunder. Sedan möter hon Jean-Pauls blick och tackar ja.

Önskedockan

ELISABETH ÄR INGEN BORTSKÄMD UNGE, någon som är van att alltid få det hon pekar på. Tvärtom – hon vet att man inte ska önska sig ägodelar, för då får man aldrig få komma till himlen, när man är död. Det har pappa läst högt ur Bibeln, och det har mamma förklarat, när de läst aftonbön, och fröken i söndagsskolan har också sagt det. Man ska vara nöjd med det lilla man får, och om man någon gång får någonting över, ska man tänka på de stackars barnen i Afrika.

Elisabeth har inte kunnat hjälpa det. Hon har sett en docka i leksaksaffärens skyltfönster, när hon följt med mamma på stan tidigt på hösten. Å, en sådan vacker docka det är! Dockan har hår som nästan glänser som guld och en körsbärsröd mun. Hon har blund-ögon, en kort röd sammetsklänning och spetsunderbyxor. Dockan har till och med svarta lackskor. Hon är så fin, så fin. Elisabeth skulle vilja ha den dockan, å vad hon önskar att den ska bli hennes!

Men mamma har sett Elisabeths tindrande ögon, dragit henne i armen och förmanat henne. Tänk, om Gud skulle se henne, där hon står med näsan tryckt mot skyltfönstret! Gud tycker inte om girighet, det vet väl Elisabeth?

Elisabeth vet, och hon skäms.

Men dockan i skyltfönstret kan hon inte glömma. Och hon önskar, att det bara inte ska vara sant, att Gud kan läsa hennes tankar. För säkerhets skull ber hon Gud om förlåtelse. Varenda kväll, när de läser aftonbön, ber hon Gud om förlåtelse för sin girighet. Men bara tyst, så inte mamma ska höra henne.

Hur mycket hon än bett Gud förlåta henne för att hon önskar sig den där dockan, så hjälper det i alla fall inte – hon önskar sig den ändå.

Månaderna går, det blir mörkare och mörkare ute, men önskan växer sig bara starkare i Elisabeth. Varenda gång hon är ute på stan med pappa eller mamma är det som om något drar i henne, att gå till leksaksaffären för att se om dockan är kvar i fönstret. Men hon gör sitt bästa för att behärska sig, så inte Gud ska bli ond på henne.

Det har varit ljusstöpning och första advent, när de varit i kyrkan allesammans, och mamma har bakat till Lucia. Ju närmare jul de kommer, desto mer stegras Elisabeths spänning. Ibland prasslar det av papper bakom någon stängd dörr, och det doftar lack. Hon vet mycket väl, att vad hon ska få, det är de där vanliga vantarna från missionsauktionen, några ark bokmärkesänglar och kanske någon bok om Jesus. Och så ska man tacka ordentligt, men framförallt måste man tacka Jesus, det vet Elisabeth.

Och så blir det julafton och tända stearinljus överallt och risgrynsgröt och lutfisk och skinka. Elisabeth har svårt med lutfisken, tuggorna sväller i munnen, hon vill inte alls ha. Men man måste äta upp den mat man bett Gud välsigna, och så är det någonting med barnen i Afrika här också. Elisabeth kan inte riktigt begripa att barnen i Afrika, eller om det nu är Indien, kan slippa svälta, bara för att man äter lutfisk. Men skinkan är god, och det är också vörtbrödet, som pappa doppar i skinkspadet åt henne.

Så bultar det på dörren, och in kommer Tomten! Han är klädd i Gideon Petterssons jacka, det ser Elisabeth. Men det är nog en alldeles riktig tomte, med röd luva och ett stort vitt skägg under det orörliga ansiktet. Elisabeth niger för honom och försäkrar, att hon varit riktigt snäll. Tomten bär en stor säck på ryggen, och ur den plockar han upp paket efter paket.

Elisabeth försöker vara precis så lagom glad hon kan för bokmärkesänglarna med glitter på. Alltför glad får man inte vara, det tycker inte Gud om.

Men vad nu? Längst ned i säcken ligger ett stort paket, och det är till Elisabeth! Paketet är från farmor. Elisabeth kan knappt styra sig, när hon sliter upp papperet. Tänk om, i alla fall …

Det är dockan från leksaksaffärens skyltfönster! Så vacker hon är, där hon ligger i sin kartong! Ja, kartongen är vacker, den också, med guldtryck, men Elisabeth har bara ögon för dockan. Hon ligger så fint och blundar i kartongen, klädd i den röda sammetsklänningen.

Lackskorna är inga riktiga lackskor, det ser Elisabeth nu, de går inte att ta loss från dockans fötter. Men det gör ingenting, det är det finaste docka hon någonsin sett, och den är hennes egen, hennes alldeles alldeles egen. Elisabeth vet inte, hur lycklig hon är, det finns inte ord för det.

Dockan, som Elisabeth ger namnet Magdalena, får sin egen plats, vid fotändan av Elisabeths säng. Om man vrider lite på benen kan Magdalena sitta, och där sitter hon på sängen och ser så vacker ut. Elisabeth nänns knappt leka med henne, men hon tittar på Magdalena det första hon gör, när hon vaknar på morgnarna, och det sista hon gör, när mamma bett aftonbön med henne.

Dagarna och veckorna går, och snart är det Fastan. En liten sparbössa, som mamma och Elisabeth hjälps åt att vika ihop av papp, kommer på matbordet, för nu ska man samla in pengar till barnen i Indien, eller om det nu är Ungern. Varje dag lägger pappa och mamma några slantar där, när de bett bordsbön. Elisabeth lägger också sin veckopeng i sparbössan, för det vet hon, att Gud tycker om.

Magdalena sitter på Elisabeths säng, och Elisabeth tycker att dockan blir vackrare för varje dag. Det gyllene håret skimrar, när februarisolen lyser in genom fönstret, och munnen är lika röd som klänningen. Ibland sitter Elisabeth länge länge och bara tittar på Magdalena.

En dag knackar det på dörren, och mamma öppnar. Där står Elisabeths söndagsskolefröken, med knuten i nacken. Hon förklarar, att hon håller på att samla in leksaker till barnen i Ungern, och visst vill väl Elisabeth hjälpa till? Gud tycker så mycket om snälla barn, som ger bort sina finaste leksaker till barn, som inte har några, förklarar hon.

– Då tycker jag att du ska ge bort din docka, säger mamma i den där lena tonen, som Elisabeth vet inte tål några motsägelser. Du leker ju i alla fall inte med henne.

– Då kommer den till en liten flicka i Ungern – tänk, vad glad hon ska bli! kvittrar fröken. Sådant glömmer aldrig Gud, ska du veta.

Elisabeth sväljer klumpen i halsen. Hon går med tunga steg till sitt rum och hämtar Magdalena. Läpparna darrar, och tårarna vill ut genom ögonen, men hon vet, att Gud inte skulle tycka om att hon gråter. Gud tycker bara om, när man ger med hela sitt hjärta, och hon försöker att tänka på hur synd det är om den där lilla flickan i Ungern, och vad glad hon kommer att bli över dockan.

Och visst kommer Magdalena till Ungern. Men det är nog bara bra, att inte Elisabeth får veta, vad som händer med henne där.

I Ungern tar nämligen Tibor Szabó, ordförande i den nödhjälpskommitté i Budapest som sköter om att ta emot hjälpsändningarna, hand om dockan. Han ger henne till sin nya älskarinna Anikos bortskämda dotter Adrienne.

I det mörkaste hörnet i Adriennes flickrum, i den stora patriciervåningen i det som före kriget varit ett av Budapests mest luxuösa kvarter, slängs Magdalena undan i en hög bland många andra snabbt bortglömda leksaker.

Till slut är det Fiffi, Adriennes foxterrier, som ändå tycker att Magdalena kan vara rolig att leka med. Hon snappar åt sig dockan i leksakshögen och springer med henne i munnen genom de stora salarna i våningen. Under toalettbordet i budoaren lägger hon sig tillrätta med dockan under tassarna och går till angrepp.

Snart ligger den röda sammetsklänningen i trasor, och guldgula hårtestar börjar sprida sig på den orientaliska mattan. Med framtassarna på dockans överkropp biter Fiffi till över halsen och skiljer med ett ryck huvudet från kroppen.

Gud skulle nog inte tycka om att höra vad Elisabeth skulle ha sagt, om hon fått reda på det.

Verkligen inte.

Gå på kompass

VAD HAR JAG GÅTT MED PÅ, egentligen?

I alla mina dagar har jag varit noga med att följa min inre kompass. Stanna upp, få en överblick över terrängen, ta ut kompassriktningen. Aldrig bestämma något förhastat, alltid se till att mina stora livsavgörande beslut stämmer överens med det jag innerst inne vill.

Och så blir det så här. Min inre kompass ger helt enkelt inte utslag, åt något som helst håll. Jag vet inte alls hur jag ska göra.

Egentligen borde jag inse verkligheten på en gång. Robban och jag har glidit ifrån varandra, svårare än så är det inte. En hastig kram, och sen sover vi, på varsin sida av dubbelsängen, med en isolerande luftspalt mellan oss.

Motsatsen till kärlek är inte hat, även om jag alltid har trott det. Motsatsen till kärlek är likgiltighet.

Och om det är något som vårt förhållande fått mer och mer av, så är det likgiltighet. Jag bryr mig snart inte om när han kommer hem på kvällarna, eller om han överhuvudtaget kommer hem.

Att han skulle bry sig mer om min närvaro betvivlar jag starkt.

Men hatar varandra, det gör vi inte.

Enklast skulle vara att inse faktum, och flytta isär. Och göra det medan vi fortfarande inte har gemensam vårdnad om något mer än våra dammiga krukväxter.

Ändå har jag gått med på att vi ska försöka blåsa liv i glöden igen.

Inte bara gått med på, det är till och med jag som har föreslagit att vi ska åka till fjällen. Och nu irrar vi omkring i en myggtät björkskog, utan att veta var vi är, och i vilken riktning vi ska gå för att komma till det där vindskyddet, där vi sagt att vi ska koka kaffe.

Det lyser i alla nyanser mellan djupt oxblodsrött och ljust orange-gult från dvärgbjörk och ripbärsris, och septemberluften är hög och klar. Det enda som inte är klart som kristall, det är vi.

– Det måste vara här någonstans. Bara vi kommer över åskrönet där borta.

Måste Robban låta så lugn? Han vet väl inte bättre än jag var vi är någonstans?

– Bara vi kommer över åskrönet, så vad då? Jag tror att vi har gått förbi det, för längesen!

Jag ångrar mig så fort jag sagt det. Det är ju ändå han som är van att hitta i skog och mark. Måste jag ifrågasätta hans orientering hela tiden?

Han väljer att inte svara, utan fortsätter tyst framåt i den glesa björkskogen. Myggen surrar.

Varför skulle vi gena så här? Om vi följt stigen som vi gjorde från början, hade vi nog varit framme vid vindskyddet för en timma sedan. Men han skulle naturligtvis tjäna ett par kilometer på att gå på kompass. Varför gav jag med mig?

– Jag har ont i axlarna. Kan vi inte sätta oss några minuter?

– Ja, om det ska vara nödvändigt, så. Annars tänkte jag att vi skulle koka kaffe, när vi kommer fram.

– När vi kommer fram, ja. Vet du var vi är nånstans?

– På ett ungefär, tror jag.

Robban pekar lite osäkert, någonstans på kartan.

– Men varför har vi i så fall den där höjden där?

Jag pekar på en låg fjällrygg, som höjer sig över björkskogen.

Han tittar upp mot höjden, så ner på kartan, och sedan upp mot fjället igen.

– Nu förstår jag ingenting. Vi borde vara på andra sidan av den.

– Och varför är vi inte det, då?

Nu börjar jag bli vass i rösten, känner jag. Men jag kan inte göra något åt det. Vill inte.

– Vi måste ha gått fel.

– Bara för att du är så envis!

– Jag brukar veta när jag har rätt.

– Men inte den här gången. Hur gör vi nu då?

Robban funderar lite.

– Om vi går över den där höjden, ser vi säkert vindskyddet från toppen.

På med packningarna igen, och så går vi vidare i den nya riktningen, snett uppför. På kalfjället blåser det, en svag vind, men tillräcklig för att vi ska slippa myggen.

Det är skönt för fötterna, vi går på en matta av fjädrande kråkbärsris. Men snåren av vide eller i bästa fall dvärgbjörk är lika svårforcerade som nere i skogen. Tysta närmar vi oss toppen.

Väl uppe stannar vi.

– Och var är nu det där vindskyddet någonstans? säger jag.

Vi blickar ut över en sjö med grågrönskiftande vatten.

– Det här måste ha varit fel fjällrygg.

– Det ser så ut, ja. Vad har du släpat med mig hit för?

– Det var faktiskt du som ville att vi skulle gå i fjällen, säger Robban lamt.

– Kanske det ja, men inte att vi skulle gå vilse.

– Menar du att jag skulle ha fört oss vilse med flit?

– Kanske inte, säger jag. Men jag vet fortfarande inte var vi är nånstans, och jag gillar inte det här.

Han spanar runt en gång till.

– Titta, det ryker därborta.

Han pekar.

En smal rök slingrar sig upp ovanför björkarna. Det ser ut som om någon eldar nere vid sjöstranden.

Då finns det åtminstone en människa här uppe bland myggen. Någon som kanske kan tala om var vi är.

– Då går vi dit. Vad väntar vi på?

Terrängen ner mot sjön är knappast mer lättgången, även om det sluttar utför. Gång på gång håller jag på att snubbla och falla. Men till att be honom om stöd – nej, där går ändå gränsen. Åtminstone nu.

– Bures, bures, säger en liten gubbe, sträcker fram handen och presenterar sig som Enok.

– Vill ni ha kaffe? Det är nykokt.

Gubben ler vänligt, när han böjer sig fram efter den sotiga kaffepannan.

– Jag såg er på långt håll. Det är inte ofta som det kommer folk förbi här. Och i synnerhet inte den vägen ni kom. Vart ska ni?

– Vi måste ha kommit fel. Vi skulle …

– … till nåt vindskydd nånstans, och koka kaffe, fyller jag i.

– Men kaffe finns ju här. Har ni något att dricka ur?

Vi hakar loss kåsorna från ryggsäckarna, och Enok häller upp. Han sträcker också fram en ostbit och en kniv.

– Ost ska ni väl ha i kaffet, det här är fin kaffeost?

– Nej tack, avböjer Robban. Men ska man inte ha salt i kaffet häruppe?

Enok skrattar så magen hoppar.

– Nå jo, men bara när det ska vara fint. Ett halvt hekto i koppen, när kungen kommer.

Han skrattar ännu mer, när han ser våra miner. Lika delar häpnad och vämjelse.

– Nej, inte skulle vi salta kaffet åt kungen. Men turisterna tror fortfarande på det där. Var kommer ni ifrån?

– Vi bor i Sollentuna …

– Jag menar, varifrån har ni gått?

Robban pekar ut fjällstationen på kartan.

– Då måste ni ha gått krokigt, flinar Enok.

– Kompassen …

Gubben flinar ännu mer.

– Ja, kompassen är nog bra. Men du ska inte lita på den. Inte här!

– Varför inte det? Robban är duktig med karta och kompass.

Jag känner att jag trots allt måste ta Robban i försvar.

Enok sänker rösten.

– Det finns malm här. Inte tillräckligt för att de ska bry sig om att bryta. Men tillräckligt för att vrida om kompasshuset både två och tre gånger.

– Hur ska vi hitta tillbaka? säger jag.

Underförstått till fjällstationen, men egentligen menar jag hur vi ska hitta tillbaka till varandra. Fast det kan ju inte gubben veta, att det är därför vi är här.

Enok pekar på kartan.

– Följ stranden tills ni kommer till luspen, alltså där sjön rinner ut i ån. Sedan följer ni ån en bit, tills ni kommer på vandringsleden, den som ni borde ha kommit på. Så tar ni den åt höger, över Stuoråive, så är ni snart framme. Ni är tillbaks på ett par tre timmar.

– Tack så hemskt mycket, och tack för kaffet!

– Nå, ingen orsak. Ha en fin vandring!

Fin vandring och fin vandring, så lätt är det inte att ta sig fram längs sjöstranden, eller utmed ån. Terrängen är minst sagt oländig. Vi går tysta, ingen orkar sätta igång grälet igen. Stora ogenomträngliga videsnår tvingar oss emellanåt att gå långa omvägar. Men nu tappar vi inte orienteringen, hela tiden hör vi ån forsa bredvid oss.

Här och där måste vi kliva över stora mossklädda stenblock. Skulle jag halka här och bryta benet, vore det nog ute med mig. Jag kommer på mig själv med att tänka, att det ändå är ganska skönt att Robban går någon meter bakom mig.

Ibland måste vi till och med ge varandra en hjälpande hand, för att inte kana ner mellan stenarna. Kanske han också tycker det är skönt att vi går tillsammans.

Men fortfarande när vi når den märkta och upptrampade stigen, är det mest irritation jag känner.

Irritation. Det är kanske ändå bättre än likgiltighet.

Väl tillbaka på fjällstationen sätter vi oss i de stora fåtöljerna framför öppna spisen.

Jag kan inte hålla tyst längre.

– Om vi hade följt leden som jag sa, så skulle vi aldrig ha gått vilse!

– Nej, det kan du ha rätt i, säger Robban. Men i stället för att hitta till det där vindskyddet, träffade vi den här gubben, och blev bjudna på kaffe. Och han visade oss vägen tillbaka hit.

– En besvärlig väg, säger jag.

– Tillräckligt besvärlig för att vi skulle bli tvungna att hjälpa varandra, säger Robban.

Jag funderar en lång stund.

– Jag har kanske tänkt fel. Ibland kan det kanske vara värt något, att gå vilse, säger jag långsamt.

– Hur då, menar du?

– Man kan få lära sig något viktigt. Till exempel att inte alltid lita blint på kompassen.

Precis när jag sagt det, känner jag att min inre kompass börjar ge lite utslag. Svagt, men ändå tydligt.

Min hand söker hans mellan fåtöljerna.

Maria Magdalena

Nedanför henne blommar olivträden. En och annan villa har uppförts på terrassodlingarna, de äldre byborna till förtret, men å andra sidan finns det tidigare odlad mark som lämnats att undan för undan växa igen. De flera hundra år gamla terrassmurarna sträcker sig längs med bergssidorna utanför byn ungefär som höjdkurvorna på den topografiska kartan, fast tätare och inte riktigt lika vågrätt. Murarna håller den kalkhaltiga jorden på plats och skyddar den mot mistralvindarnas och skyfallens angrepp. Längs muren löper den oleanderkantade stigen, än dränkt i solljus, än svalkad av skuggan från ekar, akacior och fikonträd.

Marie-Madeleine går försiktigt för att inte snava. Här och där kläms stigen ihop och blir smal, nästan smalare än en vuxen människa behöver för att kunna passera, och på något ställe finns en djup grop i den hårt tilltrampande marken. Ovanför henne, kring ett litet hus, pilar svalorna omkring i lufthavet, hela tiden pipande, tills de med osviklig precision prickar boets ingång under exakt rätt tegelpanna.

Plötsligt rasslar det till i gräset under oleandrarna. En katt? Nej, det som kommer fram ur buskarna är långsmalt och svart och stirrar på henne med kalla ögon. Hon vågar inte se efter om det är en snok eller en svart huggorm, hon bara blundar och stampar i backen för att skrämma iväg den.

Långsamt öppnar hon ögonen. Ormen ligger kvar i solgasset, till synes obekymrad om hennes ansträngningar att föra oväsen. Den stirrar intensivt på henne, hon måste blunda igen. Ska den hugga?

Vad var det morfar brukade säga, när hon blev rädd för lagårdskatten och tryckte sig intill hans byxben? Bli inte rädd för ett djur, se det i ögonen istället. Och när hon övat sig en hel sommar, kunde hon se katten rakt in i de gulgröna ögonen och få den att stryka sig mot henne och spinna högljutt.

Hon öppnar ögonen igen. Ormen ligger kvar. Den stirrar fortfarande på henne. Lite osäkert ser hon på de kalla ögonen. Ska de låta sig betvingas? Eller ska ormen hypnotisera henne med blicken, för att plötsligt kasta sig över henne och slå huggtänderna i hennes nakna ankel?

Så bestämmer hon sig och spänner ögonen i ormen. Nu är det du som flyttar på dig och det genast, tänker hon och försöker stirra tillbaka, om möjligt ännu kallare än reptilen.

Långsamt ringlar ormen tillbaka in under buskaget, och hon kan fortsätta sin vandring. Just då hör hon bykyrkans klocka från det öppna tornet.

Hon kan precis hinna till mässan.

Som vanligt har Marie-Madeleine lagt en diskret makeup. Hon hör inte till byns lösaktiga, de teatersminkade. Även om det ibland antyds, när hon någon kväll haft ett ovanligt långt utvecklingssamtal med en elevs pappa. Kanske är det därför som det känns viktigt att regelbundet gå i mässan och undfå det heliga sakramentet. Att känna doften av vaxljus och rökelse, knäböja och få den vindoppade oblaten av fader Paul, det befriar henne för en stund från den obehagliga känslan att vara förtappad.

Luc kan komma hem med hur många historier som helst om vad hans anställda kan få vara med om på sina uppdrag. Får man tro honom, vimlar trakten av kvinnor som inte är ute efter annat än att dra av en svettig hantverkare hans skitiga blå overall, när han som bäst är i färd med att täta deras krankopplingar eller rensa deras avlopp. Nej, själv har han aldrig utnyttjat situationen, på den punkten tror hon honom faktiskt, åtminstone nästan. Men det är ingen hejd på vad Marc och Jean kan ha för sig när de är ute – och ändå har mage att debitera timtid för!

– De tror väl att ingen misstänker något, när skåpbilen står utanför, brukar han skrocka förnöjt och klappa henne på stjärten. Vilka kvinnor det handlar om får hon aldrig veta, något slags enkel yrkesdiskretion finns väl också inom rörmokarskrået.

Hon tycker inte att berättelserna är roliga. Även om Luc försäkrar, att han själv aldrig skulle figurera i dem. Han har sitt på det torra, tre barn hemma, han behöver inte så sin vildhavre.

Pierre har redan börjat i lycéet nere i stan, men Marie och Anne går fortfarande kvar hos henne, i byns skola.

I vart fall har inte berättelserna haft avsedd verkan på henne. Snarare tvärtom, en riktigt snuskig historia gör det snarare svårare för henne att ta emot honom. Hur gärna hon än vill, hon älskar verkligen sin Luc. Men ju slipprigare berättelserna blir, desto mer tappar hon lusten.

Det svåra är ändå att hon inte kan släppa tanken på de andra kvinnorna. De som så trånsjukt verkar längta efter nästa läcka eller stopp i husets rörsystem. Vilka är de? Kan det vara mammorna till hennes barn i byskolan? Kan det vara bibliotekarien? Eller någon av sömmerskorna?

Hur gör de? Kysser de sina män farväl på morgonen, för att sedan per omgående planera brottet mot det sjätte budet? Har de lagt upp strategin redan när skåpbilen med "PLOMBERIE" i tre decimeter höga bokstäver målade på sidorna parkerar utanför? Och hur gör de efteråt, slätar de bara till den äkta sängen, eller byter de lakan? Duschar de, eller möter de sina män med doften från en svettig rörmokare?

Skulle hon själv kunna göra detta onämnbara, ta emot en annan man än Luc?

Inte ens nu, när hon skyndar fram längs sandstensmuren på väg till bykyrkan, kan hon släppa tanken på Lucs historier. Hon är nog förtappad i alla fall, som kan tänka så syndiga tankar. Tänk om skolbarnens föräldrar vet om det, då kommer de nog att sätta barnen i andra skolor!

Darrande hinner hon in genom kyrkporten och stänker vigvatten på sig, innan hon sjunker ned på en av de bakersta bänkarna. Vaxljusen brinner. Fader Paul träder just inför altaret, och den skäggige kantorn intonerar Introitus.

Den lärjunge som Jesus älskade har fått kyrkan uppkallad efter sig. Från sin upphöjda position i nischen i den norra kyrkväggen kan den heliga Maria Magdalena med sina målade gipsögon betrakta församlingsborna. Hon känner dem väl, sedan många generationer, men upphör ändå aldrig att förvånas över dem.

Längst fram sitter som sig bör mairen och hans hustru. Gérard är den femte i sin familj att bekläda borgmästarämbetet, men till skillnad från sin far, farfar, farfarsfar och farfarsfarfar har han varit Françoise, sin äkta hälft, obrottsligt trogen. Gipsstoden kan minnas hur Gérards förfäder, notoriska häradsbetäckare allesammans, mutat snart sagt traktens hela manliga befolkning att inte bara ta på sig faderskapen, utan även bära fram de oäkta ätteläggarna till det heliga dopet. Men Gérard är något så ovanligt i sin familj som en monogam natur, det har hon noterat. Kanske vet han också mer om kärlek än sina förfäder.

Bänken bakom står som alltid tom. Doktorn och hans fru, Maria Magdalena kan inte ens komma ihåg vad de heter, skulle väl aldrig komma på idén att gå in i kyrkan annat än när de gifter bort någon av sina döttrar, men ändå har de självklart sin bänk.

Längre bak trängs det enklare folket. Vilka som nu hör till det enklare folket, det är inte så lätt att hålla reda på nuförtiden. Hon har lagt märke till hur herremanslater slagit rot hos allmogen, ja det är knappt någon som använder ordet allmoge längre. I kyrkan ger de kollekt mest för att visa att de hade råd att skänka. Utanför, efter mässan, talar de mest om sina aktieinvesteringar och sina Mercedes-bilar, hur mycket de än stoltserar med att vara snickare, rörmokare eller grönsakshandlare och med att aldrig ha läst en bok sedan de slutat skolan.

Maria Magdalena ryser i sin nisch, när hon tänker på hur de kan vräka ur sig om sämre lottade medmänniskor. Särskilt mycket om vad negrer, araber och annat avskum har för sig har hon fått höra av Marcel, målaren, medan han bättrat på hennes bleknade ansikts-färger och lagt ny förgyllning på glorian.

Det är inte alltid lätt att vara gipshelgon och stå där i kyrkväggens nisch. Maria Magdalena har många gånger mer än gärna velat gripa in och handgripligt visa människorna vad kärlek kan vara. Sådan kär-lek som Mästaren givit henne …

Visst finns det församlingsbor som förstår sig på kärleken. En del av dem kan hon se i mässan varje gång, en del är så starka i sin kärlek att de aldrig behöver besöka kyrkan. Andra vacklar mer i tron.

Som skollärarinnan där nere på nedersta bänken, hon som i sista stund hunnit in genom kyrkporten innan mässan börjat. Maria Magdalena har alltid tyckt om henne, inte minst för att hon bär hennes eget namn. Men lätt har hon det inte, den köttsliga Marie-Madeleine. Att tro sig vara förtappad, bara för att man får lite sinn-liga fantasier! Vad tror hon egentligen om Mästarens sinnelag?

Den heliga Maria Magdalena har aldrig kunnat förlåta kyrko-fäderna, som gjort om Mästaren till något slags könlös eunuck och utpekat henne själv som en slampa. Han var inte alls någon eunuck, det vet hon bättre än någon annan. Och vad beträffar slampigheten vet hon, till skillnad från de gubbsjuka kyrkofäderna, mycket väl vad hon gjort. Levt i Guds välsignade kärlek, till kropp, själ och ande, och inget annat. Varken mer eller mindre.

Från sin nisch önskar Maria Magdalena av hela sitt gipshjärta, att hon ska kunna hjälpa sin jordiska namne.

Prästen hejdar sig med oblaten halvvägs i luften.

– Du kan inte ta emot nåden, säger du. Varför inte det, Marie-Madeleine?

– Fader, jag har syndat

– I morgon eftermiddag kan jag ta emot din bikt, kära Marie-Madeleine. Klockan fyra, kan du komma då?

– Tack, fader.

Medan prästen fortsätter att dela ut nådegåvorna, reser sig Marie-Madeleine och går tillbaka till sin bänk. För att slippa möta nyfikna ögon lyfter hon blicken upp mot helgonbilden i nischen. Den heliga Maria Magdalena möter henne med sina bruna ögon, som ser ut att se en, var någonstans i kyrkan man än befinner sig. Helgonstatyns blick känns varm. Inte tänker hon döma henne, i vart fall.

Ormen har åter krupit fram på stigen. Marie-Madeleine spänner ögonen i den. Nu försvinner den genast. Blickar kan betvinga, tänker hon.

Väl hemkommen fortsätter Marie-Madeleine att fundera över Lucs historier. Om nu kvinnorna är så villiga som han påstår, hur kan det komma sig då att det bara är Marcs och Jeans eskapader berättelserna handlar om? Luc är också ute på jobb mest hela dagarna, trots att han äger firman, att inte han också passar på när tillfälle bjuds? Hur säker kan hon vara på hans trohet? I synnerhet när hon avvisat honom, som hon ju ofta gjort?

Och hur bär de sig åt, kvinnorna? Charmar de männen med sina leenden, lockar de in dem i sina sängkammare med parfymdofterna från Grasse? Eller går de rakt på sak, smyger de sig på männen bak-ifrån när de är sysselsatta med att dra fast någon koppling med sina rörtänger och helt sonika knäpper upp arbetsoverallen?

Om hon ändå hade kunnat fråga Luc. Men då skulle han förstå, att hon inte är så oberörd av de där berättelserna som hon påstått. Det ska bli skönt att få lätta sitt hjärta för prästen.

Men vad ska hon säga till honom, vilket slags synd har hon egentligen begått?

Eftermiddagens undervisning har förflutit ovanligt trögt, men till sist kan Marie-Madeleine skicka hem barnen och låsa den lilla skolbyggnaden. Hon svettas. Något eftermiddagskaffe hinner hon inte med, klockan närmat sig fyra.

Hon skyndar in i bykyrkan, stänker lite vigvatten på sig och möter den heliga Maria Magdalenas blick. Tack och lov, hennes bruna ögon är varma nu också. Och doften av vaxljusen ligger kvar i kyrkan efter söndagsmässan, den doft som kan få henne att känna den där tryggheten från barndomen.

– Välkommen, Marie-Madeleine!

Fader Pauls röst låter uppfordrande, när han samtidigt ger henne högra handen till hälsning och med den vänstra gör en gest mot biktstolen. Hon går in och sätter sig. Gallerspjälorna är glesa, hon har inga svårigheter att se prästens ansikte med de tätt sittande klarblå ögonen, den höga pannan och det lilla gråsprängda skägget.

– Fader, jag har syndat.

– Låt höra, mitt barn. Vilket slags synd har du begått?

– Jag vet inte, fader.

– Du vet inte hur du har syndat??

Hon måste ta ett djupt andetag.

– Jag har inte gjort något, fader. Jag kan bara inte släppa tankarna. Och de måste vara syndiga, jag förstår inte annat.

– Vilka tankar, mitt barn?

Hur mycket ska hon våga säga? Marie-Madeleine tvekar. Skulle någon kunna råka illa ut, om hon skvallrar? Men rösten låter inte lika skarp som nyss.

– Jag kan inte sluta tänka på kvinnorna, och på hur de bär sig åt. Syndiga tankar, fader.

– Hur kvinnorna bär sig åt?

– Fader, min man har två anställda i sin firma. Och han kommer hem på kvällarna och berättar vad de gör, när de är ute på uppdrag. De håller på med reparationer, fader.

– Jag vet, mitt barn. Men säg mig, vad gör de när de är ute på uppdrag?

Vad vet prästen? Vad har han fått höra av andra biktbarn? Luc skulle aldrig komma på idén att bikta sig, och än mindre Marc eller Jean. Men kvinnorna har kanske varit här?

– Min man säger att de, jag måste säga det, vältrar sig i synd. De ligger hos kvinnorna.

– Jag förstår. Men vari består din synd?

– Jag kan inte låta bli att tänka på de här kvinnorna. Vilka är de? Hur kan de bedra sina män? Och när jag tänker på det, väcks lustan i mig, fader. Den köttsliga, syndiga lustan.

Nu är det sagt. Kommer prästen att fördöma henne nu?

Nej, han ser inte upprörd ut. Det finns inget fördömande i hans blå ögon. Snarare vill han höra mer, det är tydligt.

– Hur väcks din lusta, Marie-Madeleine?

– Jag tänker på hur de bär sig åt. Planerar de, eller är det stundens ingivelse? Hur gör de för att locka männen? Var gör de det, i sängen eller någon annanstans i huset?

– Svara, Marie-Madeleine, hur väcks lustan?

– Fader, när jag blundar ser jag dem framför mig. Hur kvinnorna öppnar sig och tar emot männen. Och jag blir alldeles darrig och het i hela kroppen.

– Fortsätt, mitt barn.

Hon kan se svettdroppen på prästens panna. Är det inte en rodnad över örsnibbarna också?

– Och jag tänker på hur det kan kännas för dem, hur är det att ta emot en annan mans kön, en annan man än sin egen? Massor av syndiga tankar, fader.

– Det låter allvarligt, mitt barn. Har du själv bedragit din man?

– Nej, fader. Men jag kan inte låta bli att tänka på hur det skulle vara.

Nej, det råder ingen tvekan. Det är inte bara örsnibbarna som rodnar, prästen har fått en tydligt högre ansiktsfärg och andas snabbare. Hon kan se halsådrorna pulsera.

Han är tydligen upprörd i alla fall. Ska han nu skriva till Rom och få henne exkommunicerad ur den heliga kyrkan?

– Vi måste be tillsammans, Marie-Madeleine. Vi går in i sakristian.

Utanför biktstolen möter hennes ögon prästens klarblå blick. Den är fast och tydlig, den viker inte undan.

Det råder ingen som helst tvekan.

Hon ser upp mot den heliga Maria Magdalenas nisch. Hennes ögon är fortfarande varma. Ler inte helgonstatyn, rentav?

Marie-Madeleine känner sig lättad. Hon har fått öppna sitt hjärta i den heliga bikten, och hon har fått syndernas förlåtelse. Och hon är befriad från de syndiga frågorna, som hon undrat över så länge.

Marie-Madeleine behöver inte undra längre. Nu vet hon.

Ormen ligger där på stigen igen. Men nu möter den inte hennes blick, utan ringlar bara in under oleandern.

Pepparkaka

Allt det här hände på den gamla tiden, innan människorna
i det här landet hade börjat fira julen till minne av Kalle Anka. Det
var på den tiden, när jularna fortfarande doftade.

Allehanda dofter hade spridit sig i huset under flera veckors tid.
Det var pepparkaksbak, mariabröd och lussekatter, det var nyss
utslagna hyacinter, det var nystöpta ljus, det var såpa på alla golv,
det var lutad fisk, skinka och pressylta, det var knäck, det var lack,
som man förseglade julklappspaketen med, och det var granen i
stora rummet, tallriset i sin kopparbunke i tamburen och enriset i
golvvasen. Den ena doften hade avlöst den andra, och till slut
blandades de allesamman i en bedövande doftröra.

Tomas, som annars aldrig hade bråttom, utan kunde bli sittande
på sängkanten långt borta i en fundering, med ena strumpan halv-
vägs på foten och andra i handen, kunde inte få av sig pjäxorna och
vadmalsbyxorna fort nog, när han kom från skolan, så ivrig var han
att hjälpa till. Och det var tusen saker som skulle göras, mandel-
massa som skulle färgas skär med karamellfärg och formas till
marsipangrisar, vadd som skulle läggas i fönsterbågarna, ljus-
manschetter som skulle klippas ut av glanspapper – av glans-
papperet skulle man förresten också klippa girlander till julgranen.
Luckor skulle öppnas i adventskalendern, ljus skulle sättas i stakar,

och så skulle det städas överallt. Men Tomas var mest ivrig på att få hjälpa till med sådant, som mamma inte ville ha hjälp med.

– Nej, det måste jag få göra själv! sa mamma. Kan du inte gå ut och leka ett tag, så det blir lugnt här?

Men Tomas ville inte gå ut och leka. Det var kallt ute, och det höll redan på att bli mörkt, och ingen av hans kamrater var ute på gården. Hjälpa till ville han, så det skulle bli jul någon gång.

– Visst ja, sa mamma. Vi måste baka en pepparkaka, det hade jag nästan glömt.

– Men vi bakade ju pepparkakor, jättemånga pepparkakor, sa Tomas. Om han ställde sig på en stol och sträckte sig på tå, kunde han faktiskt nå upp till den stora pepparkaksburken i skafferiet och ta en kaka, men det ville han helst inte att mamma skulle veta om.

– Ja, men vi måste ha en mjuk pepparkaka också, sa mamma.

– En mjuk pepparkaka, det går väl inte, sa Tomas. Pepparkakor ska vara hårda, vet du inte om det?

– Nej, vi måste ha en mjuk pepparkaka på julafton, när tant Edla och farbror Rutger kommer, sa mamma. Det är ungefär som en sockerkaka, förstår du, men den smakar som pepparkaka.

– Då kan jag hjälpa till och vispa, sa Tomas.

Mamma suckade, satte på ugnen och tog fram visp och bunke. Medan Tomas vispade ägg och socker, så det blev alldeles vitt, blandade mamma mjöl, bakpulver, vaniljsocker, kanel, ingefära och kryddnejlikor. Mjölet blev nästan brunt.

– Nu får du vispa ned det här, lite i taget, så att det inte klumpar sig, sa mamma.

Just då ringde telefonen ute i tamburen. Mamma gick och svarade.

Tomas började vispa ned mjölblandningen. Men så började han fundera.

Mjuk pepparkaka hette det ju. Men mamma hade ju inte haft i någon peppar – hon måste ha glömt det. Och nu stod hon i tamburen, med ryggen till, och pratade i telefon, och där skulle hon säkert stå länge – det brukade hon göra.

Tomas sträckte sig efter kryddburkarna på hyllan vid spisen. Sån tur, att han redan hade hunnit lära sig läsa. Flera av hans klasskamrater i ettan fortfarande höll på och ljudade m-o-r ä-r r-a-r, f-a-r r-o-r b-r-a, men själv fick han ihop bokstäver till ord riktigt bra nu. Det sa i alla fall hans fröken.

KRYDDPEPPAR, läste han på en burk. Det var nog den det skulle vara.

Han skruvade av locket och hällde kryddpeppar i smeten. Oj, det blev visst lite mycket! Men kakan skulle säkert bara bli godare av det. Så satte han på locket igen och ställde tillbaka burken.

När mamma hade pratat färdigt, hade Tomas vispat ned all mjölblandningen, och smeten var alldeles jämn och fin.

– Nu var du duktig – tack för hjälpen! sa mamma och gav Tomas en kram. Hon smorde och bröade en form och tömde ned smeten i den. Så satte hon in formen i ugnen, och Tomas fick slicka skålen.

Men vad konstigt det smakade! Tomas tog en slick till. Nej, det här var inte gott. Inte som sockerkakssmet.

– Mamma, det smakar inte som sockerkaka! Det smakar konstigt.

– Ja, det blir lite annorlunda med pepparkakskryddor, log mamma. Men du behöver inte slicka, om du inte vill.

Hon tog skålen, satte ned den i diskhon och spolade på vatten, så inte smeten skulle torka fast.

Det tog en lång stund. Men äntligen tog mamma ut kakan ur ugnen och stack en provnål i den.

– Nålen är torr, då är kakan färdig, sa mamma. Hon stjälpte upp den på ett fat, men lät formen ligga kvar uppochnedvänd ovanpå.

– Den här kakan får du inte smaka, för den ska vi ha på julafton, sa mamma.

Och så blev det julafton och tomtegröt och tant Edla och farbror Rutger kom, och moster Vivi och morbror Per-Erik också, och deras flicka Ulla, som var Tomas kusin och som han aldrig kom överens med. Ulla gick i trean, och Tomas fick aldrig vara med henne och hennes kamrater och leka. Nu tittade hon knappt åt Tomas håll.

– Har du bjudit dem? hörde Tomas pappa viska till mamma ute i köket, medan gästerna höll på att slå sig ned i stora rummet.

– Nej, inte riktigt. Vivi och jag kommer aldrig överens, det vet du, och Per-Erik kan jag bara inte med. Men jag kände mig tvungen att säga att de kunde titta in, om de inte hade något annat för sig. Hjälp, hur ska det här gå?

Men mamma och pappa hjälptes åt att leta rätt på flera tallrikar i skåpen, så det räckte åt alla, och så dukade de julbord i stora rummet, med sill och pressylta och skinka och grytdopp och köttbullar. De fick bära ut köksstolarna till salsbordet, men till sist fick alla plats och smorde kråset.

– Vad härligt det är att få komma och äta din julmat, Ingrid, sa farbror Rutger, sedan han först rapat ljudligt. Jag tror det här lilla glaset behöver fyllas på, förresten.

Och tant Edla nickade instämmande, och det gjorde moster Vivi och morbror Per-Erik också. Pappa suckade lite lätt, skruvade korken av brännvinsflaskan och fyllde på.

När de ätit färdigt, dukade mamma av och satte på kaffe. Tomas och Ulla fick Pommac, och in kom lussekatter, schackrutor, mariabröd, finska pinnar och Tomas mjuka pepparkaka.

Moster Vivi hade just tryckt i sig en lussekatt, när hon bet en stor tugga av sin mjuka pepparkaksbit.

– Nej fy, tvi vale! ropade hon och såg ut som ett russin i ansiktet. Vad är det i pepparkakan?

Och då måste morbror Per-Erik också smaka. Han gav till ett vrål.

– I det här huset stannar vi inte en minut till, Vivi! röt han. Tänka sig, att behandla sin egen svåger på det här viset, och sin egen syster med för den delen. Det är skamligt!

På två röda minuter var moster Vivi, morbror Per-Erik och kusin Ulla utanför dörren. Farbror Rutger log godmodigt.

– Så illa kan det väl inte vara med den där kakan? sa han. Får jag en bit?

Han tog för sig, och tant Edla tog också en bit. De smakade, nästan samtidigt.

– Vet du Rutger, jag tror det är bäst att vi går, vi också, sa tant Edla. Något liknande har jag faktiskt aldrig varit med om!

– Ja men så farligt är det väl inte? invände Rutger.

– Inte så farligt? Nu kommer du med mig hem, och nu talar vi inte mer om den saken!

Och så kom det sig, att Tomas och hans föräldrar fick tillbringa resten av julaftonen ensamma. Pappa fick i all hast ordna till en tomtemask. Tomas visste ju att det var farbror Rutger, som skulle ha varit tomte, men det gick faktiskt lika bra med pappa. Och i säcken låg det ett stort platt paket, som var till Tomas, och i det låg det ett riktigt Kinaschackspel, med riktiga kineser målade mellan de där trianglarna, där man skulle ha sina kulor när man började.

Den julaftonskvällen spelade de Kinaschack elva gånger och åt julgotter och knäckte nötter, och mamma och pappa drack glögg, och Tomas fick dricka hur mycket Pommac han ville.

När Tomas till slut inte orkade spela mera Kinaschack och gick och lade sig, kom mamma och kramade om honom.

– Tack, Tomas! Det här var den bästa julafton jag kan komma ihåg, sa hon. God natt, och God jul!

Väska på villovägar

TÅGET ÄR REJÄLT FÖRSENAT, fyrtiofem minuter, när det närmar sig Krylbo. Högtalarrösten låter stressad, när den påpekar att det blir avstigning till höger i tågets färdriktning och manar till skyndsamhet. Det är många som ska stiga av, och det blir kö till utgången. Gunnar hinner precis greppa sin egen väska i bagagehyllan, innan folk tränger på bakifrån. Svante har redan tagit sin egen och Ulla-Britts, och Anders och Camilla är lite längre bak i kön.

De samlas på perrongen, medan folk strömmar ut mot stationshuset.

– Jag fick med din väska, mamma, säger Camilla. Du höll på att glömma den.

– Nej men stopp där Camilla, säger Svante. Den där väskan är inte vår. Jag tog både min och mammas väska.

– Oj då! Då måste den vara någon annans! Någon som sitter på tåget ...

Blixtsnabbt lyfter Anders upp väskan och försöker öppna vagnsdörren, som just stängts. Den är låst. Och nu rullar tåget iväg.

I den väldiga stationshallen ekar det ödsligt tomt. Inte en människa vet vad man gör av en upphittad väska. Till slut erbjuder sig Gunnar att ta hem den och försöka spåra ägaren.

Ingen adresslapp utanpå. Och inte heller något inuti som skvallrar om vem ägaren är.

En kvinna, uppenbarligen. Damkläder, en halvfuktig baddräkt, en klänning och ett par skor med halvhög klack. Trosor, behåar, persedlar som Gunnar knappt sett sedan hans Lena dog.

Tänk, nu är det tolv år sedan. Och fortfarande känns det förbjudet, när han rotar bland de intima plaggen.

En necessär med blixtlås. Får man öppna den? Där går väl ändå gränsen till en människas privatliv.

Men vilken människas privatliv? Det är ju det Gunnar ska ta reda på. Alltså måste han, även om det bär emot.

Tandborste, tandkräm. Shampoo, hårbalsam, samma sort som Lena brukade använda. Ingenting speciellt ... jo här förresten. I botten på necessären ligger en medicinburk. Vilken sorts medicin det är begriper han inte, men det står ett namn och ett födelsedatum på etiketten från apoteket.

Gunnar sätter sig ner vid datorn och börjar söka. Åtta minuter senare har han fått fram ett telefonnummer.

Kvinnan låter först misstänksam, när han ringer upp.

– Om du är telefonförsäljare får du ringa någon annanstans, säger hon innan han ens hunnit presentera sitt ärende.

– Hej, jag heter Gunnar, har du möjligtvis förlorat en väska på tåget? lyckas han få fram precis innan hon ska koppla bort samtalet.

– En väska? Ja, hur kan du veta det? Jag har ringt och ringt, både till försäkringsbolaget och polisen och hittegodset på SJ, ja det heter Sudexo nuförtiden, men det är ingenstans som de har hittat min väska.

– Men då har jag nog kommit rätt. Heter du Pia Hurtig?

– Ja, eller Pia Andersson Hurtig numera. Vad vet du om min väska?

– Vi måste ha fått med oss din väska av misstag, när vi klev av tåget i Krylbo i lördags. Vi hade varit i Stockholm, min syster och svåger och jag, och deras barn, och sett Såsom i himmelen på Oscars på fredagskvällen. Och det blev lite väl sent innan vi kom i säng på hotellet ...

– Det intresserar mig inte. Varför tog ni min väska?

Kvinnans röst låter bekant på något vis, men Gunnar kan inte placera den.

– Tåget var försenat, det blir ju så ibland, och de hade ropat ut i högtalarna att man skulle skynda på vid avstigning. Vi var många, fem personer, och hade ställt in väskorna i bagagehyllan mitt emot toaletten. Och bråttom var det alltså, när vi skulle stiga av. Hur det nu var, stod vi där på perrongen och skulle se efter att vi hade fått med oss alla våra väskor och inte glömt kvar något på tåget. Och då var det en väska som ingen av oss kände igen …

– Men ni klev inte på igen och ställde tillbaka min väska?

– Tåget hade precis rullat iväg, det fanns ingen chans. Och inne på stationen fanns det ingen man kunde fråga. Tänk, hela det där stora fina stationshuset, och inte en människa där som har något med järnvägen att göra! Då tog jag hem väskan för att ta reda på vems den är.

– Och så hittade du rätt på mig. Vad sa du att du heter, var det Gunnar?

– Gunnar Karlsson är namnet. Det var lite detektivarbete innan jag hittade ditt nummer.

– Hur hittade du mitt nummer?

– Du hade ingen adresslapp på väskan, så jag öppnade den. Och i necessären låg en medicinburk med ditt namn och födelsedag på. Vi är födda samma år, förresten.

– Det fanns en Gunnar Karlsson i min skola, säger kvinnan eftertänksamt. I parallellklassen. Men jag har ingen aning om vart han tog vägen …

– Det var väl det jag tyckte, att du låter bekant på rösten, säger Gunnar. Gick du i skolan i Falun?

– Ja, men … Du menar inte att det är du Gunnar??

– Visst är det jag, Pia. Men du hette väl inte vare sig Hurtig eller Andersson på den tiden?

– Nej, jag har bytt namn ett par gånger. Vilken överraskning! Men hur får jag min väska?

– Jag fick fram en adress också, när jag sökte på nätet. Jag knappar in den på min GPS, så kommer jag om en timme. Går det bra?

– Vad roligt, då sätter jag på kaffe. Välkommen!

– Och så är det du som kommer med min väska, säger Pia och ler med hela ansiktet. Hon har fortfarande smilgroparna, även om de nu får ta i för att synas bland alla rynkor. Jag hade ett gott öga till dig en gång i tiden, ska du veta.

– Hade du?? Gunnar nästan tappar hakan.

– Ja, det hade jag. Men jag tror aldrig du märkte det. Ändå gick jag till och med på fotboll för att se dig spela.

– Jag var väl aldrig något vidare som spelare. Och jag slutade ganska tidigt, det var väl när jag ryckte in i lumpen.

– För mig var du ändå bäst på plan. Men du såg mig aldrig, inte ens när det var dans.

– Nog såg jag dig. Men inte vågade jag bjuda upp. Och sen gifte du dig plötsligt, med mattelärarns grabb. Jag fick veta det, just när jag hade bestämt mig för att på lördag ska jag våga.

– Tvungen. Det var man, mer eller mindre, på den tiden. Rolf och jag fick två barn till sen, innan vi skilde oss.

– Han slog aldrig en passning, hur bra placerad jag än var i straffområdet.

– Du kommer ihåg honom? Det var väl inte meningen att det skulle bli som det blev. Men han blev min allra bästa vän, och det är han fortfarande. Han ställde inte till något krångel, när jag begrep att jag måste skilja mig.

– Om han var så bra, förstår jag inte varför ni måste gå isär?

– Det tog många år innan jag själv förstod. Man begriper inte allt, när man är ung. Men nu har jag hittat kärleken, på äldre dar. Jag har nog aldrig varit lyckligare.

– Tänk att få träffa dig igen, efter alla dessa år, säger Pia. Och att du kommer med min väska! Jag borde få bjuda på något mer … Kan du inte stanna på middag?

Gunnar tittar på klockan. Fotbollen börjar klockan åtta, och han har lovat grabbarna att de ska ta en öl framför storbildsskärmen på puben. Det känns lockande att stanna, men …

– Min fru kommer hem om en halvtimme. Hon vill nog också gärna träffa dig. Du förstår, Lilian och jag har pratat om dig. Hon tycker du ser så spännande ut på bilderna från när vi var unga.

Det avgör saken. Gunnar känner att han inte vill lära känna Pias fru, eller överhuvudtaget lägga sig i hennes nuvarande liv. Det förgångna måste få vara det förgångna.

– Det skulle ha varit trevligt, säger han. Men jag har lovat bort mig. Måste nog åka nu, om jag ska hinna.

En rasande grann kvinna, tänker Gunnar, när han i backspegeln ser Pia stå innanför trädgårdsgrinden och vinka efter honom. Synd bara att hon är gift. Man skulle ha hållit sig framme, den gången.

Men det hade väl inte hjälpt.

I alla sorters väder som vår Herre hittar på

Major Abraham Josua Karlsson, officer vid arméhögkvarteret, är inte precis på något strålande humör, där han i ett tidlöst tillstånd sitter på sin molntapp. Det är ett stackmoln han sitter på, eller Cumulus, om man nu ska vara noga. Men hans sinnesstämning skulle ärligt talat passa bättre på ett Nimbostratus, ett tungt regnmoln.

Allt har ändå gått som det ska efter insomnandet. Dödsannonsen är införd i *Stridsropet*, under rubriken *Befordrade till härligheten*. Vid begravningen i kårens lokal, en fredag när höstlöven dansar för virvelvindarna, är kistan insvept i arméns röda fana med blå bård, där orden BLOD OCH ELD lyser röda i den gula stjärnans mitt, och hornmusikkåren spelar. Han begravs i sin vinröda och svarta uniform, med gradbeteckningarna väl synliga i den öppna kistan. Kremeringen är en befrielse: rynkorna och ålderskrämporna försvinner liksom tumören, och nu är hans jordiska kvarlevor förvandlade till aska och vederbörligen nedsänkta i jord på kyrkogården. Urnan har självfallet arméns vinröda emblem, det har han själv ordnat med under sin sista tid i jordelivet. Själen kan utan hinder lämna det jordiska och stiga uppåt, till den härlighet rubriken i Stridsropet utlovat.

Som sagt, allt är som det ska. Ändå är inte Abraham Josua Karlsson nöjd med situationen.

Nej, det är inget fel på begravningen. Talen vid kistan berömmer hans mångåriga gärning, alltifrån hur han som tioåring invigs till juniorsoldat och fram till hur han som officer med kaptens grad leder hemstadens armékår och sedan som major tjänstgör i högkvarteret. Han prisas för hur sitt sätt att hålla grytan kokande och sin hjälp till hemlösa i nöd, och hur han med strängmusikkåren sjunger på gator och torg och förkunnar om Jesus.

Lite enahanda är de ändå, de där talen, tycker han där han ligger i sin kista. Varför säger de ingenting om hur han ibland får smyga med uniformen, där han känner att den inte passar in? Och varför sägs det inget om situationer där arméns regler och språk kolliderar med samhällets dominerande ofrälsta kultur?

Redan som juniorsoldat får man vänja sig vid en tillvaro som är annorlunda. Inte sparka fotboll, inte palla äpplen, inte varva mopederna vid korvkiosken, inte planka in på folkparkens lördagsdanser. Och inte ens drömma om andra flickor än de godkända, de som han känner från mötena i Templet, eller kanske redan från söndagsskolan.

Själv tycker han att berättelsen om när han någon gång på 70-talet rycker in till militär repövning bör passa in. Plutonchefen, löjtnant Axelsson, frågar:

– Vad har Karlsson för yrke i det civila?

– Jag är major, löjtnant!

Löjtnantens förvirrade min när han förstår att hans underordnade har högre militär grad utlöser hejdlösa skrattsalvor från hela plutonen, trettiotvå grönklädda skyttesoldater.

På det hela taget är major Abraham Josua Karlsson nöjd med sin hädanfärd. Det som utlöser hans missnöje är snarare den aktuella situationen.

Ingen vandring på det himmelska Jerusalems gator av renat guld, som han sjungit om tillsammans med strängmusikkåren. Inte heller bär han arméns uniform, den han begravts i. Nej, en simpel mantel är allt han har på sig. Och vandring är inte tal om. Major Karlsson får vackert sitta där på sin cumulustapp, utan att kunna ta sig någonstans överhuvudtaget.

De ackord till *Han har öppnat pärleporten* som han redan som juniorsoldat lärt sig ta på gitarren är bara att glömma. Istället sitter han med en otymplig konsertharpa i famnen och försöker förtvivlat komma på hur man gör med den.

Fyrtioåtta strängar att stämma, och sju pedaler att trassla in mantel och fötter i! Det kommer att ta en evighet att lära sig spela på den.

Nu är det just precis en evighet han har på sig, inser han. Varken mer eller mindre.

Runtomkring honom, på andra molntappar, sitter andra hädangångna själar och försöker, också de, lära sig spela harpa. Några sitter på lätta fjädermoln, Cirrus, högt uppe mot zenit. Andra kan sitta på böljemoln, Altocumulus, eller tunga bymoln, Cumulonimbus.

Tonerna kolliderar i luftrummet och skär sig som de värsta såser. Det låter för … Nej, det ordförrådet har han aldrig haft, påminner han sig, och här passar det verkligen inte.

En kakofoni i alla möjliga tonarter, för att nu inte nämna de omöjliga.

Så upplyftande är det verkligen inte att sitta här på molntappen i evigheters evighet. Inte heller blir Abraham Josua Karlsson särskilt salig av att titta ned genom revorna i molntäcket, ned på jorden och människorna. Den jordiska verklighet han blir varse påminner mest om första Moseboks berättelse om Sodom och Gomorra, de båda städer som Gud dränker i eld och svavel, eftersom invånarna där för ett så bottenlöst syndigt leverne.

Marken glider förbi där nere. Från markytan betraktat är det naturligtvis cumulusmolnet som glider förbi, men här i evigheten blir perspektiven annorlunda. Major Karlsson ser att fattiga barnfamiljer vräks från sina lägenheter, medan andra familjer vältrar sig i lyx. Han ser droghandel, prostitution och tiggeri, och han ser finanshajarnas samvetslösa penningjakt. Han ser mineringar och drönarattacker, och hur gummibåtar överlastade med flyktingar beskjuts på Medelhavet.

Hemlösa fryser ihjäl.

Det gör ont att se. Smärtan är närmast outhärdlig. Men hur kan han känna smärtan, befriad från sin jordiska kropp som han är, här uppe på molntappen i evigheten?

Han klarar inte av att vända bort blicken. Ändå förvandlas han inte, som Lots hustru, till en saltstod. Det känns faktiskt orättvist.

På tal om rättvisa, eller snarare orättvisa. Den Herre han tror på ska komma tillbaka för att döma levande och döda, det har han fått lära sig i bibelskolan. Men bland de här molntapparna kan han inte skymta något som ens har minsta likhet med ett skrank, att stå inför.

Han försöker hejda en av ärkeänglarna, som just flyger förbi med kraftiga vingslag.

Och faktiskt. Gud hör bön, det har Abraham Josua Karlsson också fått lära sig i bibelskolan. Ängeln breder ut båda vingarna och tvärställer dem i luften. Så landar han på major Karlssons molntapp.

– Vad kan jag hjälpa dig med? frågar ängeln.

Det är nog en riktig ängel, tänker Abraham Josua. En sådan som han hört om ända sedan söndagsskolan. En som frågar vad jag behöver hjälp med, och som är beredd att hjälpa till.

– Jag bara undrar … när ska jag få träda inför skranket och få min dom av den himmelske Domaren?

Ärkeängeln skrattar.

– Det blir nog i sinom tid. På den Yttersta Domens dag, närmare bestämt klockan två på hösten. Nejvisstnej, jag glömmer bort mig hela tiden. Här är vi bortom både tid och rum, det är meningslöst att tala om klockslag.

– Jaaa …?

– Det är ingen brådska, major Karlsson. Dit är det en evighet, varken mer eller mindre.

Olika moln virvlar omkring i lufthavet, glider ljudlöst förbi varandra, över, under eller bredvid. Cumulus, nimbostratus, cirrostratus ... alla dansar de för himmelens vindar.

Molnformationerna växlar ständigt. Ibland glider de isär och skapar luckor, så solskenet når ned till marken. Ibland går de samman och bildar fronter, med ihållande regnväder. Stackmolnen kan också torna upp sig till åskväder. Och vindarna i de olika luftlagren föser moln av alla de slag framför sig, som en herde föser sina får.

På alla molnen sitter änglar och försöker med växlande framgång lära sig att spela harpa. De flesta känner major Abraham Josua Karlsson inte alls igen, men några ser bekanta ut. En och annan vinkar glatt, om det nu är till honom eller till någon annan på ett grannmoln, det är svårt att se, avståndet är för långt.

Ett cumulusmoln, likadant som hans eget, glider tätt förbi. Ängeln på molnet inte bara vinkar till honom, hon ropar också med sin mezzosopranröst.

– Hej Abbe, vad kul att se dig!

Ingen har kallat honom Abbe sedan han började på bibelskolan. Inte ens Marta, hans trogna hustru, salig i åminnelse. Konstigt att han inte ser henne bland molnen?

– Hej, svarar han. Men vem är du?

– Känner du inte igen mig? skrattar ängeln. Ingalena, vi gick ju i samma klass!

Ingalena. Tjejen med den fräkniga uppnäsan. Hon som valde och vrakade bland mopedkillarna, som köade för att få skjutsa henne bak på limpsadeln. Hon som först av alla tjejerna i klassen började utveckla kvinnliga former.

Former så kvinnliga, att en aldrig så nitisk juniorsoldat kunde förledas till självbefläckelse.

Ingalena, som trots det lyckliga äktenskapet med Marta, salig i åminnelse, aldrig upphört att dyka upp i hans drömmar.

Tänk om ...

Men innan Abraham Josua Karlsson hinner reflektera över vilken annan vändning livet skulle ha kunnat ta, eller få för sig att hoppa över till Ingalenas moln, kommer en kastvind och tar tag i hans moln. Och så är hon försvunnen. Han hinner inte ens vinka till henne.

Vår Herre kan då hitta på väder. Alla slags väder. Både lämpliga och olämpliga.

Skärgårdsodyssevs

DEN BREDBRÄTTADE STRÅHATTEN behövs knappast för solens skull. Inte för igenkännandets heller. Bland de glest befolkade borden på utecaféet är Ing-Marie inte svår att hitta, ens för någon som aldrig träffat henne. Den enda ensamma kvinnan.

Men nog klär hatten henne, där hon sitter i en lätt sommarklänning, sandaletter och en tunn bomullskofta över axlarna. Om inte annat, så framhäver hatten solbrännan bättre. Hon tar upp fickspegeln en gång till ur handväskan.

Nu gäller det att komma ihåg. Just nu är hon inte Ing-Marie, utan Penelope55. I ny sommarklänning, väl anpassad till hennes nya vikt. Nio kilo lättare sedan förra sommaren, och det misskläder inte.

Och den hon väntar på är Skärgårdsodyssevs. En man som verkar hur spännande som helst – raka motsatsen till Leif.

En som precis som hon själv brutit upp efter många års tråkigt äktenskap, och som nu söker någon att dela äventyret med. Vare sig nu äventyret är att hitta några gula kantareller hemma i skogsbacken eller ge sig ut på båtluff i den grekiska arkipelagen.

Det är dags att gå vidare nu.

Ing-Marie ryser till lite, mitt i sommarhettan. Så många års tristess – och ändå har det gått så lätt, så snabbt, att bryta upp.

I själva verket tog det mindre än tio sekunder att fatta beslutet. Första dagen på semestern, förra sommaren.

Ing-Marie dirigerar Leffe, där han med yviga rattrörelser försöker backa in husvagnen på den lilla campingtomten. Hon viftar med armarna efter bästa förmåga, och fyller i med rösten. Om han, de nedvevade sidorutorna till trots, hör något av vad hon ropar genom motorbullret, det är dock tveksamt.

Från förtälten runtomkring följer man skådespelet med intresse. Blickarna känns, fast hon inte ser dem.

Gång på gång ställer sig släpet på tvären, eller hamnar någon helt annanstans än där det ska vara. Hon ser hur hans halspulsådror sväller.

Desperat försöker hon få honom att förstå hur han ska backa

Han verkar fatta, vrider faktiskt ratten åt rätt håll – men måste han ge så mycket gas??

Omedelbart därefter skramlar det till i husvagnens underrede. Högra hjulet har rullat ned i en grop. Ekipaget kommer varken framåt eller tillbaka. Hur mycket Leffe än gasar, sveder drivhjulen bara spår i det halvfuktiga gräset.

Reaktionen blir inte oväntad.

– Vad har du ögonen till, egentligen? Såg du inte gropen?

Låg röst. Inte ens en svordom. Då är han riktigt, riktigt arg.

– Jag vet inte, jag måste ha missat den. Förlåt. Hur gör vi nu?

Och alla grannarna som glor från sina solstolar.

Doften av kolgrill och tändvätska blandas med den fräna lukten av kopplingslameller.

– Inte vet jag. Vi kommer ingenstans. Ska vi stå så här hela semestern, hade du tänkt? väser han.

Alltid hennes fel.

– Snälla Leif, kan vi inte försöka på något annat sätt?

– Det finns väl bara ett sätt att backa in en husvagn! Eller kan du något annat?? I så fall tycker jag det är dags att du visar mig hur man ska göra.

Blir alla karlar sarkastiska, när något går dem emot?

Hon vet hur semestrarna brukar bli, här på Lillholmens camping. Samma grillande med grannarna, samma kartongvin. Samma väntande på besök av barn och barnbarn, som naturligtvis inte har tid att komma den här sommaren heller – fast campingen är såå barnvänlig! Samma kånkande med disk och tvätt, bort till service-byggnaden och tillbaka. Samma sliriga dragspel på midsommar-afton, och samma kladdiga blickar från gubbar i de andra hus-vagnarna.

Mitt framför ögonen på deras fruar.

Samma gubbar år från år, samma fruar. Samma ölburkar.

Fyra veckor.

Husvagnsplatsen är betald sedan i mars.

Och med hjälp av handkraft från grannarna lyfts husvagnen på plats.

Borde han inte vara här nu? Nej, det fattas fortfarande tjugo minuter till klockslaget som de kommit överens om. Skärgårdsodyssevs är tydligen inte lika angelägen som hon om att vara ute i god tid.

En sädesärla flyger av och an mellan borden och gör täta turer upp till takrännan. Tydligen har hon sitt bo där.

– Hörru gumman, jag tror jag kilar över till Hasse en sväng. Sätter du på maten så länge?

Gumman, ett tilltalsord som han aldrig annars skulle använda. Men här på campingen måste hon stå ut med det, liksom kvinnorna i de andra förtälten får göra.

– Visst, bara det finns vatten så.

– Jag fyllde dunken innan vi åkte hemifrån. Hej på en stund!

Fyra veckor i träningsoverall och foppatofflor. Och Leffe slänt-rande omkring bland husvagnsgrannarna, alltid bjuds det väl på en whisky någonstans.

Ing-Marie suckar och sätter igång att skrubba potatis i pentryt.

Var är tändaren till gasolköket? Hon letar i lådorna, överallt där den rimligtvis kan vara. Förbaskat också!

Till slut hittar hon en halvtom tändsticksask på golvet.

Bredvid tändsticksasken ligger väskan. Hennes väska, ouppackad. Med klädombyten, necessär, andra skor, ett par böcker, Allt som kan behövas för fyra veckor.

Den där väskan, skulle hon inte lika gärna kunna packa upp den någon annanstans?

Hon suger på tanken, medan hon tänder gasollågan under kastrullen.

Väskan …

Potatisen kokar upp. Hon stryper lågan, det räcker med att den får sjuda.

Väskan ligger där på golvet. Plötsligt märker Ing-Marie, att hennes hand fattat om handtagen.

Busshållplatsen ligger ute på vägen, mitt emot receptionen.

Nästa buss går om tjugo minuter.

Leffe kommer förmodligen tillbaka innan potatisen hunnit torrkoka. Köttbullarna får han väl värma själv.

Nu är det sommar.

Semester.

Ing-Marie ler för sig själv, när hon tänker på förra sommarens semester. Fyra veckor, när hon helt och hållet rådde sig själv. Hon tar en klunk till av kaffet.

De lokala busslinjerna får föra henne vart de vill, och hon hittar alltid någonstans att sova.

Leffe ringer förstås, hur många gånger som helst. Ömsom bönar och ber han, ömsom hotar han. Ända tills hon glömmer mobil-laddaren på ett vandrarhem, och batteriet tar slut.

Formaliteterna när hon kommer hem är snabbt avklarade. Leffe skriver på skilsmässopapperen utan att protestera.

I samma veva har en arbetskamrat hört talas om en ledig lägenhet. Leffe hjälper till och med till med att bära ut hennes saker till det hyrda flyttsläpet.

Ett år går fort. I början vill hon förstås inte se åt en karl. Varje gång någon väninna vill ha henne med sig ut på raggningsrunda tackar hon vänligt men bestämt nej.

Men någon tipsar om en kontaktsajt. Och vips hänger hon över tangentbordet hela kvällarna.

Några trevliga men helt vibrationsfria träffar över en fika någonstans.

Något biobesök, där hon mitt i filmen ursäktar sig för att gå på toaletten, men väljer att aldrig komma tillbaka.

En helt misslyckad kryssning. Redan tidigt på kvällen lämnar hon mannen i karaoken och går och lägger sig i hytten. Ensam, i den smala överkojen. Med jeansen på.

Så dyker Skärgårdsodyssevs upp på skärmen en kväll. Har hon valt att kalla sig Penelope, så får hon stå sitt kast. Snabbt kollar hon in hans profil. Innan hon vet ordet av, har hon skrivit ett meddelande. Hon är lite osäker på vilka koder som gäller på sajten, men avslutar med semikolon, bindestreck och slutparentes. Innan hon hinner ångra sig, klämmer hon iväg meddelandet.

Redan efter ett par mejl känner hon hur det börjar hetta i örsnibbarna.

Skärgårdsodyssevs är annorlunda, en helt annan typ än Leffe. Han älskar att segla, så långt stämmer sagan. Just nu har han sålt båten, men han är på jakt efter en ny.

Han har varit gift, har två vuxna barn. Bra, där matchar de varandra.

Själv är hon lite försiktig med att lämna ut detaljer om sig själv. Hon lämnar inte ens ut sitt telefonnummer. Vill inte prata innan de träffas öga mot öga. Röster kan bedra.

Men för varje mejl pirrar det mer och mer. Det är förstås inte säkert att det blir något.

Även om hon hoppas.

Bara han är den Skärgårdsodyssevs hon drömt om. Åtminstone litegrann.

En riktig Odyssevs. Inte en sån som i sagan, han som rumlade omkring i tjugo år innan han kom hem. Nej, den riktige Odyssevs ska stå till rors med sin Penelope vid sin sida, styrande sitt skepp längs de otaliga öarnas stränder.

Tillsammans ska de stiga i land på sitt Ithaka. Hand i hand ska de gå upp från stranden, upp till sitt enkla palats, välkomnade av hunden.

Sädesärlan hoppar över grusgången, vippande med stjärten. Så snappar hon åt sig en kaksmula och flyger upp till takrännan.

Bäst du matar dina små ordentligt, tänker hon. Snart ska ni ut på långresa.

Vem vet?

Kanske ska hon själv ut på långresa?

Hem.

Hem till Ithaka?

Steg hörs på grusgången, manliga steg.

Hon undviker att vända sig om och titta. Skärgårdsodyssevs ska få anstränga sig lite för att hitta sin Penelope.

Stegen stannar bakom henne.

Hon blundar.

– Penelope? frågar en röst.

Hon sitter tyst och fortsätter blunda. Vill hålla kvar drömmen lite till.

– Är du Penelope? frågar rösten igen, lite osäkrare den här gången.

Långsamt öppnar hon ögonen, vänder sig om och betraktar sin Skärgårdsodyssevs.

Han ser minst lika häpen ut som hon. Häpen, generad och förfärad.

Leffe.

Ayvalik

Siv har aldrig så starkt ifrågasatt Bettans omdöme som nu. Vad tänker hon med, människan? Dra med sig henne till Turkiet, i december!

Solen har gått ned, när turistbussen stannar utanför hotellet i Ayvalik. Byn verkar öde, bara hotellfönstren lyser.

Rummet ser oväntat okej ut. Uppackningen får vänta, Siv öppnar dörren till balkongen. Vid balkongräcket spanar de ut i mörkret.

– Hör du havet?

Nu förstår Siv vad det är hon hör. Ett sugande brus, som stiger och faller i en nästan jämn takt, som sovande andetag. Där ute ligger det Egeiska havet.

– Jag vill bada, säger Bettan. Följer du med?

Nu i december är det väl kallt i vattnet?

– Det känns tryggare om du är med, vädjar Bettan, som redan rotar i resväskan efter badkappa och bikini.

– Du är fullständigt galen. Gå med kan jag väl, säger Siv tafatt. Men badandet får du stå för, jag stannar på torra land. Och handväskorna låser vi in i sejfboxen, bara så du vet!

Förundrade blickar följer dem genom lobbyn, Siv fullt påklädd, Bettan insvept i badkappa. Utanför entrén står busschauffören och röker. Han skakar på huvudet, himlar med ögonen och muttrar något.

– Det är ju inte långt bort, säger Bettan.

Varannan gatlykta är släckt. Siv fryser i pålandsbrisen.

I mörkret skymtar en sandstrand med ett myller av övergivna solstolar, och utanför hörs havet. Vågorna rullar in mot stranden och bryts i skum.

Bettan verkar vara helt omedveten om vilka faror som kan hota. Skumma typer kan dölja sig i mörkret, lösgöra sig ur skuggorna och oprovocerat kasta sig över oskyddade kvinnor och råna dem. Råna, våldta, eller mörda.

Bredvid den knappt belysta gatan går en gångväg ned mot vattnet. I mörkret blir de närmast osynliga.

Nu hör de röster. Halvviskande röster på ett språk de inte begriper. Invid en parkerad bil står ett par grabbar med mopeder. De verkar inte märka de båda väninnorna, ens när de går förbi på bara några stegs avstånd.

Gångvägen fortsätter ner mot stranden, där gatan slutar i en vändplan.

Och äntligen är de nere på sandstranden och tar av sig sandalerna. Vågorna rullar mot stranden. Bettan kliver ur badrocken.

– Jag tror jag tar av bikinin också, det är bara onödigt att blöta ner den. Här finns ju inte en människa, säger Bettan och slänger över baddräkten till Siv. Så rusar hon ned till strandkanten och ut i vattnet. Siv ser henne vinka och dyka rakt in i en rullande våg.

Något står här på stranden, bara femton meter bort. Siv går närmare och ser efter.

En parkerad moped. Hon känner efter. Avgasröret är fortfarande varmt.

Det är någon på stranden! Och här står Siv, ensam i mörkret, med Bettans badkläder i famnen, oförmögen att försvara sig om hon skulle bli överfallen. Bettan själv är därute i vattnet, utan en tråd på kroppen, och utan en aning om den fara som hotar.

Nu kommer en bil till ned mot vändplanen. Strålkastarljusen sveper runt stranden när bilen vänder. Siv kan bara hoppas att inte föraren har sett henne. Den stannar däruppe vid den andra bilen och mopedgrabbarna.

Äntligen kommer Bettan upp ur vattnet. Hon ruskar på sig som en våt hund, tar handduken och torkar sig. Fortfarande aningslös står hon där, spritt naken.

– Men Bettan, se till att få någonting på dig, och det kvickt! Det är folk här, och jag tror inte de är snälla . . .

– Du Sivan, ingen fara. Vi har inget de kan ta, vi låste ju in väskorna.

Lugnt tar Bettan på sig den torra bikinin, badkappan och sandalerna. Så börjar de gå upp mot hotellet.

Vid bilarna är det fler röster nu. Och de är högljudda. Något grälar de om, det hörs tydligt. Siv vill inte veta vad de bråkar om, hon vill härifrån så fort och obemärkt som möjligt.

En dov duns hörs, och ett skrik. Bettan har snubblat på en sten och ramlat framstupa. Rösterna tystnar tvärt. Så hörs ljudet av springande steg, ganska många fötter. De kommer rätt emot dem.

Siv står kvar i beckmörkret, några steg från Bettan. Hon stelnar till.

Nu ser hon dem. Fem pojkar i mörka jackor, eller kanske unga män. Något glimmar till – kan det vara en stilett?

Den närmaste pojken ser bekant ut.

Om det inte är han, är han i alla fall väldigt lik honom.

Många gånger har hon skriftligt intygat att den gråtande killen framför hennes kateder absolut inte ätit av fläskpannkakan som serverats i matsalen – trots att hon sett honom äta med god aptit.

Det är nog han. Siv är nästan säker, trots att hon inte sett honom på flera år. Hakkorsen på ytterdörren fick till slut familjen att flytta tillbaka till hemlandet.

Pojkarna talar åter med varandra. Rösterna låter mer upprörda än förut.

En av dem böjer sig ned över Bettan. Ska han hjälpa henne upp, ändå?

Nej, i stället börjar han riva i hennes badkappa. Hon ser hur Bettan försöker knipa ihop benen.

Nu räcker det.

Siv kliver fram och blir synlig i den sparsamma belysningen. Så fyller hon lungorna och tar i med magstödet från kyrkokören därhemma. Forte fortissimo.

– ÖZGÜR!!!

Fem ögonpar vänds mot henne.

– Özgür, hej på dig! fortsätter hon. Det var längesen. Är det här ni bor? Hur mår din mamma?

– Hej Siv, svarar pojken och visar med ett leende att han känner igen henne. Så säger han något till sina kompisar, som tar ett halvt steg tillbaka.

Hon har inte kramat om honom sedan avslutningen i sexan. Nu gör hon det. Inte bara för att hon är glad över att se honom, utan mest för att hon darrar i hela kroppen. Hon måste bara hålla i någon, annars skakar hon sönder.

Hon känner armen om ryggen. Han kramar tillbaka. Det känns tryggt, mitt i mörkret. De andra håller sig undan.

Så lustigt. Förr var det han som räckte henne till hakan.

– Vad du har vuxit, säger hon. Kan du hjälpa mig att få upp Bettan, jag tror hon har stukat foten?

De får upp henne, men hon kan knappt stödja på foten. Det är bara några hundra meter till hotellet, men att gå är otänkbart. Özgür säger något till en av killarna, som kör fram en bil.

Özgür följer med ända upp på rummet.

– Tack för hjälpen, Özgür, säger Siv, som nu nästan slutat darra. Det här är min kompis Bettan, förresten.

Bettan och Özgür skakar hand.

Nu måste Siv ändå fråga.

– Men Özgür, vad är det för gäng du är med i? Vad sysslar ni med?

– Bäst att du inte vet, svarar pojken. Min farbror vill inte att någon lägger sig i. Det var därför det höll på att bli bråk när vi hörde er. Ni hade en otrolig tur, ärligt talat. Några av mina kompisar är farliga. Om inte du ropat på mig hade det gått illa för er.

– Gör ni något olagligt kan polisen komma och ta er, invänder Siv.

– Skojar du? Polisen här är inte som polisen i Sverige. Polischefen är kusin med min pappa och min farbror. Man sätter inte dit sina släktingar.

– Jag tycker ändå att du ska sluta med sånt, Özgür. Vad gör du annars nuförtiden, går du i skolan?

– Inte just nu. Börjar kanske nästa år, har sökt till turistlinjen. Jobbar lite, och hänger med kompisarna. Min farbror vill att jag jobbar åt honom, men jag försöker låta bli. Du har rätt, man får bara problem. Folk kan bli arga.

Pojken ler blygt mot henne.

– Kan inte ni följa med hem till mig? säger han. Min mamma vill säkert träffa dig, hon har pratat om dig ända sen vi flyttade hem.

Siv tittar frågande på väninnan.

– Jag vet inte, säger Bettan och visar tydligt, att hon fortfarande har ont i fotleden. Är det långt?

– Inga problem, min pappa hämtar oss i bilen. Han skjutsar er tillbaka sen, så det är ingen fara. Jag ringer hem – vad de ska bli överraskade!

– Jag vill jättegärna träffa dina föräldrar, säger Siv. Och dina syskon också, om de är hemma. Men jag har ingen lust att träffa din farbror.

Hon ger Bettan ett vädjande ögonkast, och får en nick till svar, om än långt ifrån reservationslös. Medan Özgür går ut på balkongen och ringer, linkar Bettan in på toaletten och byter om. Reskläderna får duga.

Kvällen hos Özgürs föräldrar Idil och Mehmet blir lång, intensiv och varm. De fyllda paprikorna och kycklingragun smakar mer än bra, och det turkiska kaffet är starkt och mörkt som den orientaliska natten.

Siv får veta vad det betytt för föräldrarna, att Özgür fick gå i just hennes klass.

– Du räddade livet på honom, säger Idil på sin bästa svenska och ser henne djupt in i ögonen. Han var nästan död, men du fick liv i honom.

Det är sent, när Mehmet släpper av dem utanför hotellet.

– Och du ska snacka om att vara galen! säger Bettan, när de står på trottoaren. Åka hem till vilt främmande människor! Vi hade kunnat bli rånade!

– Jag känner den här familjen, svarar Siv. Det är som Idil säger. Jag har haft Özgür i min klass från fyran till sexan. Du skulle sett honom, när han började i fyran. Satt där grå i ansiktet, stirrade ut genom fönstret, och gjorde aldrig någonting. Inte en uppgift. Lämnade blankt på alla prov. Jag tror knappt han kunde läsa, ens. Men jag vägrade gå med på att killen skulle gå i skolan utan att få lära sig någonting. Så fort jag satt de andra i jobb, satte jag mig hos Özgür. Han tyckte nog att var jag hopplöst envis. Men på vårterminen i sexan skrev han uppsats om utgrävningarna av Troja. Åtta sidor! Han hade intervjuat sin farfar, som varit med och grävt. Hur spännande som helst!

– Troja ... är det inte dit vi ska i morgon?

– Precis. Det var därför jag hakade på när du föreslog den här resan. Troja har jag alltid velat se. I synnerhet sen jag läste hans uppsats. Vet du vad, Bettan?

– Nej?

– Hade inte du fått den galna idén att gå ner och bada i mörkret hade jag inte fått träffa Özgürs familj. Den här kvällen var värd hela resan. Flera gånger om.

Tältet intill

ALLA TÄLTPINNARNA VAR ÄNTLIGEN vederbörligen nedstuckna i den nyslagna ängen, och silverkupolen reste sig nu över det som skulle bli deras fasta punkt de närmaste två dygnen. Runtom surrade inte bara mygg, utan också låtar i moll och dur från fioler och dragspel i alla möjliga väderstreck.

Han hade valt tältplatsen tvärs över vägen, mest av gammal vana. Allt var välbekant, vattenstället med handpump, rönn- och aspslyet i dikena mellan de nyslåttade tegarna, där nu tält efter tält slogs upp och där husvagnarna backade fast i den regnsjuka marken. Han till och med kände igen gamla tältgrannar från tidigare Bingsjöstämmor, fast det nu var flera år sedan han varit här. Men för Annika, hans kärlek sedan två år tillbaka, var det första gången som hon överhuvudtaget var i Dalarna.

Det var han, som insisterat på att de skulle åka till Bingsjö. Annika hade väl protesterat lite först – något större intresse för folkmusik hade hon inte. I vart fall inte så stort, att hon kunde förstå vitsen med att mitt i graviditeten åka iväg till något ställe bortom all ära och redlighet, bo i tält och ha det obekvämt på alla sätt, mitt ibland en massa främmande människor. Just nu, när de skulle kunna ha haft det mysigt hemma i sängen, bara de två. Hennes lust var stark nu, och hennes alltmer rundade mage eggade honom också. Men han hade stått på sig och förklarat, att en Bingsjöstämma går inte att beskriva – den måste upplevas. Och det måste hon ju medge, nästa år skulle det bli bra mycket krångligare, med blöjbyten mitt i kaoset, utan varmt vatten och pedalhinkar.

– Förresten kan vi ju få en liten stund med varandra i tältet också, hade han tillagt, och Annika hade fnissat inför den lite oanständiga tanken. Att älska mitt bland femtontusen människor, med bara en tunn nylonväv som insynsskydd – vilken idé!

Han hämtade vatten i dunken borta vid den handmanövrerade pumpen, fick fram stormköket och satte på kaffe, medan Annika rumsterade om därinne med luftmadrasser och sovsäckar. Vid tältet bredvid deras stod ett par campingbord hopställda, och där satt ett gäng som redan hade börjat komma i ordning. Ölburkar stod på bordet, en av karlarna hade fått fram ett dragspel, och en tjej höll på att stämma sin gitarr. Någon böjde sig ned över en fiollåda.

Han tog fram de hopvikta stolarna ur bilens bagageutrymme och fällde upp dem. Kylväskan fick duga som bord – han dukade fram två muggar och lade upp några av Annikas hembakta bullar på en papperstallrik.

– Är kaffet klart snart? hördes det inifrån tältet.

– Det kokar strax, men det måste sjunka en stund innan det är drickbart, svarade han.

Plötsligt hördes en röst bakom honom, en välbekant röst. Åtminstone hade den varit välbekant, ända till den där höstkvällen för fem år sedan.

– Men Petter! Är du här?

Rösten lät inte enbart glad. Petter vände sig om. Mycket riktigt, det var Britt-Marie. Britt-Marie, som han delat ljuvt och lett med i flera år, och som hela släkten hade hoppats skulle bli hans fru. Britt-Marie, som slutligen kastat ut honom en mörk novembernatt – usch så mörk den var, den natten!

Han skämdes fortfarande som en hund. Det var inte meningen att det skulle ha blivit som det blev, den där gången hon åkte på kurs. Han hade gått ut på kvällen för att ta en öl, och så hade han kommit i samspråk med en tjej, och så hade hon bara rakt upp och ned följt med honom hem. Det hade väl i och för sig inte varit hela världen, sådant hade hänt förr, och Britt-Marie behövde ju inte få reda på det. Men precis när de kommit i säng, hade nyckeln plötsligt satts i låset.

Britt-Marie hade kommit hem, mitt i natten. Hon hade fått feber och dundersnuva och inte kunnat sova på hotellrummet, utan hastigt och lustigt bestämt sig för att avbryta kursen, packat och tagit nattbussen hem.

På fem röda minuter hade både tjejen och han blivit utslängda, och han hade som på nåder fått komma och hämta sina saker två dagar senare. Då låg hon fortfarande nedbäddad, och såg ut som ett åskmoln.

Sedan dess hade de inte haft någon kontakt. Han hade bott hos kompisar några veckor, och sedan hade han flyttat till en annan stad. Så småningom hade han träffat Annika, och nu väntade hon deras första barn.

Han hälsade lite besvärat på Britt-Marie, som inte såg ut att vilja föra något längre samtal. Istället gick hon och satte sig vid camping-bordet utanför tältet intill, där nu Gärdebylåten tonade fram ur bälgen.

– Vem var det där? frågade Annika, som med visst besvär kom krypande ut genom tältöppningen.

– Hon heter Britt-Marie. Vi var ihop en gång i tiden.

– Snygg tjej. Men hon lät sur.

Han valde att inte kommentera, utan hällde tyst upp kaffet i muggarna. Sparf Fars polska vid bordet intill blandade sig med Trollens brudmarsch två husvagnar längre bort och Hjortingen bakom buskridån. Och ännu lite längre bort hördes andra låtar: sugande Orsapolskor, den vackra d-moll-valsen från Enviken, någon hälsingepolska i B-dur … vilket surr!

Men det var just det här surret han älskade, när alla möjliga låtar blandades ihop, och man bara kunde urskilja några takter här och några takter där. Kvällen före själva stämman var alltid bäst: då spelades det överallt mellan tält och husvagnar, och man kunde gå runt på alla tältplatserna och bara njuta och träffa gamla och nya bekanta.

– Kom så går vi en sväng, sa han när de druckit ur kaffet.

Han ville se och uppleva, men han ville också göra Annika delaktig i det här, låta henne uppleva en Bingsjöstämma. Och han ville gå där i Bingsjö med Annika, hand i hand, och stolt bli sedd med henne. Rasande grann var hon egentligen, och fin med den putande magen. Men framförallt ville han bort från tältet, bort från Britt-Marie.

Den djävla knölen, skulle han nödvändigtvis behöva vara här?

Hon kände blodet rusa upp i tinningarna på en gång hon såg honom sitta där utanför tältet. Till på köpet satt han utanför tältet intill deras – det hade inte stått där, när hon gått och ställt sig i kön utanför utedasset i skogsbrynet. De måste ha kommit alldeles nyss – han var inte ensam, det såg hon av de två uppfällda campingstolarna.

Fortfarande mindes hon den där novemberkvällen. Kursen hade varit urtrist, hon hade ju redan i förväg vetat att den inte skulle ge henne någonting, men hon hade varit beordrad av verket att gå den. Inom Arbetsmarknadsverket ansågs alla vara precis likställda, oavsett om deras grundkompetens var svetsare eller docent i tillämpad psykologi, och alla måste gå samma kurser. Till all lycka hade en lindrig snuva drabbat henne, och med hjälp av lite skådespeleri hade hon lyckats få kursledningen att acceptera att hon måste åka hem. Hennes simultankapacitet kunde man kanske ifrågasätta, men simulantkapaciteten var det då inget fel på, hade hon förnöjt tänkt, där hon suttit på bussen. Att Petter inte svarat, när hon försökt ringa honom, hade hon inte fäst så stort avseende vid – han hade ju ingen skyldighet att sitta och passa telefonen, när hon var bortrest. Men det skulle bli skönt att komma hem och mötas av hans varma famn, och kanske bli förförd mellan sidenlakanen, det hade hon fantiserat om.

Men att komma hem, och hitta honom mellan samma sidenlakan, med en slampa – hade hon någonsin blivit så kränkt? Så klart att hon kört ut honom, och dessutom bäddat ned sig för en vecka! Och den knölen hade inte ens kommit sig för att försöka komma med en förklaring, än mindre be om ursäkt!

Hon hade givit honom två dagar att hämta sina saker och försvinna. Och hämtat sina saker hade han gjort, utan att säga ett ord, och försvunnit hade han gjort. Definitivt. Inte en gång hade han hört av sig, inte ett kort, inte ett telefonsamtal på fem år.

Inte så att hon hade det dåligt med Erik, som hon nu träffade på helgerna. Han var snäll och gosig, och det var på något vis ganska lagom med att ha vardagen för sig själv. Men som det varit med Petter, det kom det aldrig i närheten av.

Om karldjäveln åtminstone kunnat mumla förlåt, då hade jag ändå kunnat få tacka honom för det vi haft tillsammans! tänkte hon, när hon slog sig ned med Erik och de andra, som satt utanför deras tält med instrument och ölburkar. Erik hade i alla fall en fördel framför Petter, han kunde spela fiol riktigt hyggligt. Nu höll han på att plocka upp instrumentet och hartsa stråken. Hon såg honom rakt in i ögonen och tog en klunk öl till.

Nu kröp en flicka ut från Petters tält. En söt tjej, och gravid var hon också, det syntes tydligt. Britt-Marie kände avundsjukan välla upp. Hon hade aldrig på allvar ens övervägt möjligheten att skaffa barn med Erik, inte ens känt längtan. Men när hon och Petter bodde tillsammans, hade det funnits i luften hela tiden. Tiden var bara inte mogen än. Men sen …

Nej, något sen hade det ju inte blivit. Och nu satt hon här med Erik och hans kompisar – hon hade aldrig riktigt lärt känna folkmusikgänget i hans hemstad. Men trevligt folk verkade det vara, och nu blev det mer och mer Bingsjöstämma för var halvtimma. Hon älskade detta myller av människor, detta kaos av låtar från alla möjliga håll, alla dessa oförutsägbara möten … Här hade hon varit första gången med Petter, när de var nyförälskade.

Petter, ja. De hade tydligen fikat klart nu, tjejen och han, och gick bortöver, hand i hand. De såg riktigt lyckliga ut. Flickans gravida mage var faktiskt oförskämt vacker! Egentligen kunde hon inte låta bli att hoppas, att de skulle ha det bra med varandra. Fast hon gillade inte den tanken – kränkningen gjorde fortfarande alldeles för ont.

Annika gick där vid Petters sida, förundrad. Tänk att detta var möjligt! Överallt spelades det, bland tält och husvagnar, bredvid höhässjor, mitt i vägkorsningen, under uppspända presenningar eller partytält. Och vad hon inte kunde förstå var, att alla verkade kunna alla låtar utantill. Mycket var ju enkelt tjofaderittan på två eller tre durackord, förstås, och det kanske till och med hon hade kunnat hänga med på, om hon haft tvärflöjten med sig, men många spelade riktigt krångliga låtar. Gåtfullt lät det, och trolskt – hon kunde förstå att det berättats sägner om näcken och andra övernaturliga väsen. Sådan musik skulle hon aldrig kunna lära sig att spela – hon skulle förmodligen inte ens kunna lära sig skilja mellan olika låtar.

Petter verkade inbunden på något sätt, när hon frågade om den där tjejen vid tältet, men så snart de kommit iväg tinade han upp. Det kändes skönt: det var alltid lite olustigt, när han blev så där trumpen. Och han tog hand om henne och presenterade henne, när de träffade på gamla bekanta till honom. Blev han omkramad, så blev hon minst lika ofta klappad på magen.

De gick förbi den lilla affären vid bensintappen i korsningen, den som nog hade större delen av sin årsomsättning de här två dygnen, och fortsatte förbi stora scenen och dansbanan. Inne på den röda timmerlogen spelade någon munspel – återigen häpnade Annika. Det föreföll obegripligt, att någon kunde spela sådana melodier på det lilla instrumentet, och samtidigt åstadkomma ackompanjerande bastoner med tungan. Särdeles mycket folk var det inte inne på logen, men några par var ändå uppe och dansade.

– Kom så dansar vi vals!

Petter ryckte i henne. Hon tvekade. Visst hade hon dansat vals, på studentbalen för tio år sedan, och på något bröllop, men det var ändå inte hennes starka sida. Och därinne sparkade det, så hon inte kunde begripa hur hon skulle kunna hålla takten.

– Jag vet inte …

– Kom nu – i morgon blir det så fullt här, att man inte kan röra sig!

De gled ut på dansgolvet. Det gick lättare än hon trott - vad tryggt det kändes att bli förd av Petter! Han höll sin arm stadigt om henne och svängde än medsols, än motsols. Det var svårare att svänga åt andra hållet, och det kändes som om de snurrade mycket fortare på det viset, men det gick bra ändå. Men kondisen var visst inte den bästa - efter en liten stund var hon både svettig och andfådd.

– Jag tror inte jag orkar mer.

– OK, det vet du bäst själv. Men det var härligt att dansa med dig ändå.

De satte sig på scenkanten, bredvid varandra. Han höll ena armen runt henne och andra handen på hennes mage.

– Du – ungen sparkar ju nästan i takt! Hans röst lät road.

Ja, hon kunde känna det. Tänk, nu hade de dansat, och så fortsatte ungen därinne att dansa! Petter hade rätt, det här var mycket roligare än hon någonsin hade kunnat föreställa sig.

Där kom ett nytt par in genom logens breda dörröppning. Killen lade in en fiollåda under ett par stolar, och så dansade de ut på golvet. De såg bekanta ut … Javisstja, de hade ju suttit utanför det andra tältet, det var den där Britt-Marie, och så kanske hennes kille. Annika såg hur Britt-Marie tittade på dem, varje gång hon och killen dansade förbi scenen.

– Vad fint hon dansar! Tyckte du om att dansa med henne?

– Mhrm.

– Vaddå mhrm? Det måste du väl ha gjort?

– Ja, jag gjorde väl det, då.

– Du gjorde väl det, då. Vadå, jag fattar ingenting! Hon dansar ju som en gudinna, och du gjorde väl det, då. Ni var ju tillsammans?

– Ja, visst.

– Jag vill se dig dansa med henne. Värre ovänner är ni väl inte?

– Jag vet inte.

– Nu sitter de där borta. Gå och bjud upp henne!

– Jag vet inte om det är någon bra idé.

– Trams! Går du inte och bjuder upp henne själv, så gör jag det åt dig!

Britt-Marie hade inte sett dem, när Erik drog in henne på logen och förde ut henne på dansgolvet. Men hon kunde inte låta bli att titta på dem, varenda gång Erik och hon passerade scenen. Där satt de på kanten, och Petter höll om tjejen. Vilken ömhet hon såg i hans hand på hennes mage! Den ömheten mindes hon – som hon saknat den!

Men nu dansade hon med Erik. Det gick så lätt, när Erik förde – hon kände hur hon slappnade av och förlitade sig helt på honom, det var nästan som att sväva. På prov slöt hon ögonen. Det fungerade, hon blev varken yr eller rädd, och svävandet kändes ännu starkare på det sättet.

Ilskan mot Petter började avta. Nog för att han varit en ärkeknöl mot henne, men han kanske hade lärt sig något av det. I varje fall såg ju den där tjejen ut att ha det bra med honom, där de satt på scenkanten.

Valsen tog slut, Munspelaren stod och rotade i sin väska med alla spelen, och de gick och satte sig. Hon såg på Petter och den där tjejen, de pratade om någonting. Hon försökte tydligen övertala honom till något, det såg hon på att hans blick var stadigt fäst vid golvet.

Nu hade munspelaren hittat vad han sökte, och tog upp en Bodapolska, en sån där som fick det att hisna i maggropen i synkoperna.

Tjejen knuffade Petter i sidan. Och reste sig inte karln och kom emot henne! Han tittade på Erik, som för att få sanktion, och stannade framför henne.

– Får jag dansa Bodapolska med dig?

Det fanns inte utrymme att nobba, det skulle ha varit alltför uppseendeväckande. Hon nickade avmätt, klev upp och lade handen

på hans högra axel. Efter några takters försteg gick han in i rund-
polskan. Hon fick anstränga sig för att inte ge sig hän helt och hållet
– det här var egentligen ganska skönt! De dansade en stund under
tystnad.

För Petter fanns det en, säger en, enda anledning att gå och bjuda
upp Britt-Marie. En anledning, och ingen annan. Och det var, att
alternativet skulle ha varit ännu värre – att Annika skulle ha gått fram
och frågat om hennes man fick dansa med henne. Så harmligt, vilken
nesa! Då var det bättre att gå själv.

Hon hade lagt ut lite sedan sist, det kände han, när han lade armen
runt hennes midja. Inte mycket, men tillräckligt för att märkas.

Dansa kunde hon fortfarande. Annika hade faktiskt rätt, hon
dansade bra. Lite motstånd kändes det, helt var hon inte med på
noterna, men vem hade kunnat begära det? Runt gick det i alla fall,
och riktigt gott kändes det.

Helst hade han fortsatt att tiga, men det var hon som bröt
tystnaden.

– Det hade jag inte trott, att du och jag skulle dansa.

– Inte jag heller. Är det dumt, tycker du?

– Jag vet inte.

– Det var egentligen inte min idé, det var Annika som ville att jag
skulle bjuda upp dig.

– Jag ser att ni väntar barn. Är det första, eller?

– Ja.

– Hon är fin. När blir det?

– I oktober.

– Du ser ut att vara stolt över henne.

– Ja, det är jag nog. Det känns faktiskt rätt fint. Hur har du det
själv?

– Tja, det får väl duga. Jobbar kvar på förmedlingen, och är särbo
med Erik.

– Inga barn?

– Nej, det blev aldrig så. Inte än har det blivit, i vart fall.

– Du hinner nog.

– Det vet man aldrig.

Petter kände hur konversationen höll på att glida in på känsliga områden. Till all lycka tog låten slut, och munspelaren började återigen leta i sin väska.

– Kul att se dig, ändå. Och tack för dansen!

– Tack själv! Vi lär väl stöta ihop nere vid tältet.

Nedrans, det hade han nästan glömt, de bodde ju i tältet intill. Han lämnade av henne hos Erik och andades ut – inga katastrofer hade inträffat. Och hon hade tydligen kunnat gå vidare och hittat någon ny, det kändes skönt. Men inga barn. Han undrade varför – han mindes hur de längtat och fantiserat tillsammans.

Annikas blick mötte honom.

– Nå?

– Vaddå nå?

– Tyckte du om att dansa med henne?

– Jodå, det gick väl. Men lite jobbigt känns det ändå.

– Det var fint att se er, i alla fall.

Nu var det den stund på dygnet, då den korta dalasommarnatten omärkligt men slutgiltigt övergått till gryning, och då utomhusluften var som råast. Flera gånger hade de kommit förbi i närheten av tältet, där det fortfarande satt ett gäng utanför och spelade, men varje gång hade Petter dragit henne i armen – de måste någon annanstans. Annika började bli trött nu, men ungen hade tydligen piggnat på sig och hade gymnastikuppvisning därinne. Det gjorde ju inte saken bättre.

Nu kom de i närheten igen, och nu var det Annika, som drog Petter i armen.

– Jag är trött, Petter. Kan vi inte gå och lägga oss?

– Sova? Nu? Det här får man bara uppleva en gång om året!

– Ja, fast jag är kelen också. Och nu kan jag inte få in fler fiollåtar i skallen, det går bara inte.

Petter suckade lite, men gav med sig. Utanför granntältet satt Britt-Marie och gänget kvar, även om instrumenten hade packats ned. Annika rotade fram deras tandborstar. Borta vid vattenkranen hjälpte de varandra att pumpa.

Petter verkade annorlunda. Frånvarande på något vis. Annika undrade vad det kunde vara med honom – hade det med den där Britt-Marie att göra?

– Är det jobbigt för dig att hon bor i tältet intill?

– Va? Vem då? Jasså Britt-Marie – nej, det var slut redan flera år innan vi träffades.

– Men nånting är det – du är inte som vanligt.

– Nej, det tror jag väl inte?

Mer fick hon inte ur honom. De kröp in i tältet och krånglade sig in i sovsäckarna som hon dragit ihop till en dubbelsäck. Han kysste henne god natt, men vände sig sedan med ryggen åt henne.

– Petter. Håll om mig.

– Nej nu vill jag sova. God natt!

Han fortsatte att vända ryggen åt henne. Hon låg en stund och försökte somna, men det gick inte. Hon längtade lite för mycket.

– Petter. Gör det något om jag håller om dig?

– Nej, det får du väl.

Hon makade sig så nära intill honom som magen tillät och lade armen runt honom. Han kändes spänd och ovillig, men tillät henne ändå. Hon kysste honom i nacken och försökte hitta in till hans bröstvårtor under tröjan.

– Du, jag är helt enkelt inte upplagd just nu.

– OK då, jag ska försöka respektera det. Men det är inte säkert det går så bra, ska du veta!

Och egentligen hade Annika inga seriösa planer på att respektera att Petter ville bli lämnad i fred. Hon ville kyssa hans örsnibbar, smeka bringan, känna lemmen styvna i hennes hand … Sak samma om han somnade – det var nästan ännu härligare att väcka hans lust, när han sov.

Britt-Marie låg vaken bredvid den slumrande Erik. Något hade tvingat henne att trotsa myggen och sitta kvar därute, även om Erik gått och lagt sig för länge sen. Men när Petter och Annika försvunnit med tandborstarna, hade hon krupit ned. Tankarna virvlade i hennes huvud. För att nu inte tala om vad känslorna gjorde med hennes kropp. Det knöt sig i magen, det hettade i underlivet, det bultade i tinningartärerna. Hon svettades, och hon frös.

Att hon skulle behöva bli så upprörd bara över att träffa på Petter! Slut var det mellan dem, och något annat förtjänade han inte, vad var det här att hetsa upp sig över? Men även om han var en knöl, måste han väl ha samma rätt som alla andra att vara på Bingsjö-stämman, det kunde hon inse. Och han verkade ju ha det fint med Annika, och hon med honom, det måste hon tillstå. Ändå var hon upprörd till den grad, att hon svårligen kunde somna.

Petter kände Annikas hand treva över bröstet. Han älskade det egentligen, njöt av att möta hennes lust, men inte just nu. Tanken på att Britt-Marie låg där i tältet intill, bara några meter ifrån dem, var alldeles för stark. Han kurade ihop sig i sovsäcken, ville få Annika att förstå att han var otillgänglig, men hon gav sig inte. Nu sökte sig hennes hand nedåt över magen, ned i kalsongerna.

– Snälla du, låt mig vara!

– Visst ja. Förlåt!

Hon tog bort handen och lade den på hans axel i stället. Men snart började handen ge sig ut på vandring nedöver igen. Den här gången smekte hon honom utanpå kalsongerna. Det var bättre, det kändes inte lika närgånget. Han lät henne hållas. Men någon styvnad lyckades hon inte åstadkomma, hur hon än försökte.

Nej, Petter var inte som vanligt. Annika fick inte minsta lilla reaktion, fast hon smekte honom på det där halvt retsamma sättet, som brukade fungera osvikligt. Nå, det var väl något som störde honom med den där Britt-Marie, även fast han förnekade det. Hon suckade, tog bort handen och kurade ihop sig bakom hans rygg. I magen var det lugnt just nu. Hon gav magen en godnattklapp, fann sig en någorlunda bekväm ställning och somnade.

Britt-Marie kunde inte sova. Eriks snusande bredvid henne, det som brukade smitta av sig och få henne att slockna även när hon ville ligga och läsa, irriterade henne. Och hon började känna sig kissnödig – vad skulle den där sista ölen vara bra för egentligen? Hon försökte slappna av, slå bort tankarna och somna, men blåsan gjorde sig mer och mer påmind. Men det som mest av allt irriterade henne, det var att Petter låg där, med Annika vid sin sida, i tältet intill. Hon ville slå in nyllet på honom, dra honom över sig och öppna sig, eller . . . Och samtidigt önskade hon, att Annika och han skulle få det fint tillsammans, och att han skulle bli en bra pappa till Annikas barn.

Nej, nu skulle hon inte kunna hålla sig mycket längre till. Hon ålade sig ur sovsäcken, drog på jeansen och tröjan och drog upp tältblixtlåset. Toarullen låg där i hörnet, hon rev av en bit och traskade iväg i det daggvåta gräset, bort till dasset. Det kändes befriande att låta det skvala.

Älvdansen låg över den tältbebyggda ängen, det såg hon nu i morgonljuset, där hon kom gående tillbaka mot tältet. Plötsligt stelnade hon till. Bredbent, mot rönnarna, stod Petter. Hon såg honom knäppa byxorna och vända sig om.

– Kan inte du heller sova?

Hans fråga kändes som en örfil. Men han hade tydligen också legat och vridit sig, annars skulle han inte sagt "inte du heller".

– Nej, och inte du heller?

– Nej.

– Det är fanimej rätt åt dig.

– Kan vi inte gå en vända och snacka? Jag vill inte väcka Annika, hon behöver sova.

– Vadå? Skulle du och jag ha något att snacka om?

Visst hade hon lust att säga honom både ett och annat, det var inte det. Men vad i hela fridens namn kunde han vilja säga henne?

– Ja, jag tror det.

Det skulle ha varit lättast att nobba honom och krypa tillbaka in till Erik i tältet, och det skulle ha varit rätt åt honom också. Han plågades uppenbarligen av minnet av otroheten, och hon lät honom gärna plågas. Men samtidigt ... var det inte det hon velat, ända sedan hon kastat ut honom?

– Okej då. Men bara en kvart får du på dig.

En och en halv timma senare hade de vandrat vägen bort till affären och tillbaka sju gånger. Orden hade först kommit väldigt trögt över tungan, men ju mer han sagt, desto lättare gick det. Hon hade kallat honom en ärans skitstövel, för att nu ta något av de mildare tillmälena, och han hade lyckats tillstå, att hon hade rätt.

– Men vad fan hörde du aldrig av dig för?

– Vadå? Det trodde jag inte du ville. Inte efter det jag gjorde.

– Nej, nog sjutton hade du fått dina fiskar varma. Men jag har faktiskt längtat efter att du skulle höra av dig.

– Varför då?

– Så att jag skulle kunna slå in nyllet på dig, förstås. Och så att jag finge tala om att jag saknade dig, och det vi hade tillsammans.

– Jag saknade dig också. Och jag tänkte ringa, flera gånger, men det blev aldrig av. Det var för svårt.

– Jaja, det var då, det där. Det spelar väl ingen roll längre.

– Britt-Marie.

– Ja?

– Förlåt mig.

Han kände hennes armar omfamna honom, kände hennes kropp mot sin. Långsamt började han krama henne tillbaka. Länge stod de och höll om varandra.

– Tack, Petter, för det vi hade.

– Tack själv, Britt-Marie. Det var fint, i alla fall, även fast jag förstörde det.

– Kanske var det bäst som skedde.

– Jag vet inte. Men gjort är väl gjort.

Hennes kropp kändes helt avslappnad nu, och varm i hans famn. Han kände hur det började pirra. Höll han inte på att bli upphetsad, minsann!

– Gå in till Annika nu, innan du strular till något igen. Hoppas ni får det fint ihop!

– Tack. Hoppas det blir bra för dig och Erik också!

Annika vaknade med Petters sömntunga andhämtning strax bakom nacken och hans armar omkring sig. Hon sträckte på sig lite, och makade sig sedan ännu närmare honom. Snart kände hon hur han styvnade mot hennes skinkor.

Gudagåvan

FRÅN SIN POSITION PÅ STENMUREN har Zevs, som är huvudpersonen i den här berättelsen, full uppsikt över tavernans utebord. Gästernas beställningar noterar han bara med en gäspning, de uttrycks ändå bara på något obegripligt språk. Men han har hela tiden kontroll på hur beställningarna effektueras – vilken rätt som serveras vid vilket bord, och till vilka gäster. Och han kan konsten att läsa av gästerna. Alla går inte att beveka, hur inställsamt han än lägger huvudet på sned. Men han kan inte bara konsten att läsa av gästerna, han kan också konsten att vänta. Förr eller senare kommer någon, ofta av kvinnligt kön, att låta en sardin eller kycklingvinge glida ned på stenläggningen. Då är han framme. Kanske spinner han litegrann eller stryker sig mot välgörarens ben för att uttrycka sin tacksamhet. I synnerhet om denna välgörare hör till stamgästerna, då går det att hoppas på en repris någon annan dag.

Zevs bär sitt namn med vederbörlig värdighet. Uppkallad efter den störste av Olympens gudar är han enväldig härskare över tavernan, och en stor del av torget med, för den delen. Ingen av torgkatterna eller de lösspringande hundarna skulle komma på idén att ifrågasätta Zevs position. Varje dag ligger han här i solgasset och spanar.

Vattenskålen står vid husväggen som vanligt. Giannis, som äger tavernan, sätter ut den till honom varje morgon. Zevs vet att den är till honom, men han låter generöst även några andra av torgets katter släcka sin törst. Ibland är han mätt, och då kan han till och med låta någon av dem passa ett bord en stund.

Zevs sträcker på sig och tittar ut över torget. Ut från den vitkalkade kyrkan med den ljusblå kupolen kommer den skäggige prästen i sin långa svarta kaftan. Från tabernaklet går hans steg till tavernan. Fader Petros är en av de stamgäster som nästan alltid förbarmar sig och delar sin måltid med en katt som ser tillräckligt hungrig ut. Nej, han styr inte stegen hitåt den här gången utan sneddar tvärs över torget och försvinner i gränden. Prästen har nog förrättning någonstans, kanske ligger någon för döden och måste få sista smörjelsen. Bäst att inte störa den svartklädde.

Någon gång emellanåt har Zevs smugit sig in i kyrkan under gudstjänsten och sett ikonbilderna med skimrande bladguld. Prästens mässande *Kyrie eleison ... Khriste eleison ... Kyrie eleison ...* är bland det vackraste han hört, långa utdragna toner som vindlar iväg upp och ner i melismer och ekar under kupolen, det låter nästan som en brunstig honkatt, bara någon oktav lägre. Men all den där rökelsen som sticker så elakt i nosen, vad ska den vara bra för? Det är något med det kyrkliga som inte är så lätt att begripa sig på för en katt.

I skuggan under den stora platanen i det bortre hörnet av torget hoppar turkduvorna omkring och bråkar med varandra. Kanske har någon tappat en brödpåse från bageriet på marken? Duvorna är helt upptagna med den interna konflikten, de skulle vara ett lätt byte. Men – vore det värt mödan? Om Zevs skulle visa rovdjursinstinkt och jaktskicklighet där på torget, hur skulle det påverka tavernagästernas benägenhet att dela med sig av läckerheterna på tallrikarna? Duvorna får fördela brödsmulorna mellan sig efter eget gottfinnande, han tänker inte lägga sig i.

Nu kommer Ouzo svansande, en rödbrun hanhund som trotsar de flesta rasbeskrivningar. Varifrån Ouzo har fått sin rödbruna färg, samma nyans som Zevs egna långhåriga päls, begriper han inte. Ouzo och han har samma intresse för kycklingvingar och sardiner från restaurangborden, men annars är det en underlig jycke. Honkatter förstår Ouzo sig inte alls på – om han nu inte får för sig att de är mat, förstås. Vid borden är hunden mycket aktiv, rentav opassande aktiv, han gnäller, gnyr och försöker på alla sätt göra sig påmind. Ibland klagar gästerna, och då kör Giannis bort Ouzo med ett par välriktade sparkar. Även om Ouzo och Zevs är konkurrenter om samma matrester, respekterar de varandra. De hälsar, men undviker sedan närkontakt.

Den här dagen verkar ändå Ouzo ha något på hjärtat. Han viftar på svansen – det har tagit lång tid att fatta att det inte ligger något hot i svansrörelserna – och gnyr ivrigt. Ouzo tittar på Zevs, sedan mot torgets nedre hörn, så på honom igen, och gläfser till. Vad han nu kan mena med det. Vill han ha sällskap?

Zevs ligger kvar på stenmuren, men har nu sitt hela intresse fokuserat på den rödbruna hunden. Ouzo gläfser till än en gång och viftar ännu ivrigare på svansen. Så fortsätter han till torgkatterna utanför Dmitris kafé och verkar försöka framföra samma budskap till dem. De sträcker på sig, reser sig och följer hunden i hälarna ner mot torgets nedre hörn.

Här händer tydligen någonting. Nyfikenheten tar överhanden. Zevs hoppar ned från stenmuren, sätter högsta fart över torget och hinner ifatt Ouzos procession precis innan den slinker in i en av gränderna.

Redan innan sällskapet hunnit fram vet Zevs vad som har hänt, doften går inte att missta sig på. Nu blir det fest!

Asfalten framför Aristoteles fiskaffär ligger översållad med bläckfisk, ansjovis, sardiner, havsabborre och makrill. Botten har gått ur en av fisklådorna som skulle levereras till affären. Aristoteles går fortfarande högljutt svärande omkring med en grön plasthink i handen och försöker plocka åt sig fiskar som inte ser alltför skadade eller dammiga ut. Men han ger snart upp, väl vetande att de inte kommer att kunna säljas. Ouzo och katterna behöver inte slåss om bytet, här finns mer än nog, det räcker till allihop och blir över. Inte ens när de får sällskap av tillströmmande katter och hundar från kvarteren runtomkring blir det bråk. De hjälps till och med åt att hålla måsarna på avstånd.

Mätt och belåten smyger Zevs sig hemåt genom gränderna, till stenmuren utanför Giannis restaurang. En av torgkatterna har tydligen inte varit med på kalaset utan ligger nu på hans plats och spanar över borden. Men Zevs behöver bara sträcka upp svansen och visa sig från sidan för att inkräktaren ska förstå vem som är störst, och försvinna så omärkligt som möjligt.

Nu sitter fader Petros i sin svarta kaftan vid ett av de närmaste borden och äter grillade sardiner. Prästen ler mot Zevs och lägger ner en sardin på stenläggningen.

Men efter kalaset utanför fiskaffären är magen proppfull. Det finns inte plats för mer, inte ens för grillade sardiner. Zevs tittar förstrött på fisken, gäspar, rullar ihop sig och somnar med huvudet över bakbenen, helt omedveten om vad han ställt till med.

Ostraffat försmår man inte en gudagåva. Inte ens om den kommer i form av en grillad sardin, nedlagd på marken av en enkel skäggig ortodox präst i svart kaftan.

Inom ett par minuter har den tidigare klarblå himlen blivit blygrå. Det börjar mullra hotfullt, och Zevs vaknar.

Är det åska på gång? Ska inte han, som ändå heter Zevs, ha makt att styra över åskan? Han reser på sig, visar sig från sidan och jamar högljutt. Svansen står rätt upp och ser nästan ut som en flaskborste. Men åskvädret vill inte låta sig bevekas, utan mullrar på så gott det kan. Kraftiga blixtar korsar himlavalvet. Matgästerna flyr inomhus.

Och så öppnas himlens portar, och regnet vräker ned. Bortslängda glasspinnar, cigarrettfimpar, hundlortar (varför kan inte hundar lära sig gräva ned sina lämningar?) och den grillade sardinen spolas bort av vattenmassorna och försvinner någonstans där torget tar slut.

Som i alla goda berättelser upphör snart åskvädret, och solen skiner åter från en klarblå himmel. Giannis skyndar sig att torka av uteborden och stolarna, och så småningom befolkas borden av nya gäster.

Men aldrig någonsin mer kommer Zevs att tacka nej till en gudagåva från kyrkans tjänare.

Vad som egentligen hände i syrenbersån

DET HÄR HÄNDE SOMMAREN FÖRE DÖDSOLYCKAN på Rikstretton, som då ännu inte hade fått annan beläggning än oljegrus. Det var närmare bestämt på den tiden när en femöreskola fortfarande kostade fem öre. Man köpte dem i den lilla gröna kiosken vid busshållplatsen, och det fanns flera sorter att välja mellan. Gräddkolorna hette Dixi, och chokladkolorna Rival, men så fanns det hallonkola och lakritskola också. Och nötkola, men de smakade lite konstigt.

I trädgården fanns en syrenberså. Buskarna var höga och täta, och därinne var man skyddad både för brisen och för omvärldens blickar. Ibland, på söndagseftermiddagarna, dukades kaffebordet i bersån, och Pelle fick sockerdricka. Och det kunde hända också på vardagarna, att Marianne tog ut en bricka. Då satt de där vid det vitmålade bordet och tryckte i sig kanelbullar, så kinderna stod som klot, och sköljde ned med hallonsaft.

Marianne var hembiträde i Pelles familj och bodde i det lilla rummet innanför köket. Egentligen kom hon från en by långt bort, man måste åka buss i nästan en timme, berättade hon, när hon haft sin lediga helg i månaden och varit hemma och hälsat på.

Marianne hette hon, men det tog tid innan Pelle lärt sig säga det – från början fick hon heta Ma-ri-rann. Men det hade hon inget emot, verkade det – hon var glad för det mesta. Hon lagade mat och diskade och städade, och hon serverade när Pelles föräldrar hade främmande. Men ibland hade hon inte så mycket att göra – då kunde hon sitta och spela Svälta räv eller Femkort med Pelle en lång stund. Och så sjöng hon, sånger som aldrig kom ur mammas och pappas stora Telefunkengrammofon i finrummet. *"Är du kär i mig ännu Klas-Göran"* brukade hon sjunga, när hon dammsög, och när hon diskade blev det *"Picco-piccolissima serenata, mera mera kärlek och mindre ord"*.

En del gånger fick Pelle hjälpa henne med disken. Då fick han stå på en stol bredvid henne, och så borstade han alla glasen och tallrikarna så noga han kunde och staplade upp dem bredvid diskhon.

Ibland kom Janne på sin motorcykel. De första gångerna var Pelle rädd för honom, åtminstone innan han krängt av sig läderhuvan med celluloidtratten, men så småningom såg han att Janne såg alldeles vanlig ut innanför. Han hade ljust krulligt hår och ett litet skägg, och blinkade så lustigt till Marianne. Hon blev alltid extra glad, när han kom. Pelle tyckte också om att han kom – motorcykeln var väldigt spännande. Röd var den, och den hade en indian målad på bensintanken. Janne berättade, att det var precis sådana motorcyklar som indianerna i Amerika hade nuförtiden, när de skulle ut och skalpera blekansikten. Ibland fick Pelle sitta framför Janne, på tanken, när han körde runt i gruset på gårdsplanen.

Det var besvärligt också med Janne, för Pelle måste lova att inte tala om för mamma och pappa, att han varit hos Marianne. Men för att han riktigt skulle komma ihåg att hålla tyst, brukade Janne ge honom en femöring, och då sprang han genast ned till kiosken och köpte kola.

Den här eftermiddagen stod lunchdisken kvar på bänken, när Janne svängde upp framför deras hus. Han tog trappan till köksingången i två språng – det dundrade, så till och med tallrikarna på diskbänken skakade. Så klev han in i köket.

– Sån tur du har, fnissade Marianne. De hann just gå.

– Jag såg det, log Janne. Det var därför jag kom.

– Du vet, att jag inte får ta emot herrbesök.

– Får och får, sa Janne. Får är riktigt snälla djur, tycker jag. Bääääää!

Pelle måste skratta. När Janne sa Bääääää! så där, såg han faktiskt nästan ut som ett får med sitt ljusa hårkrull. Marianne gav honom en kram. Så vände hon sig till Pelle.

– Vet du vad? sa hon. Skulle inte du kunna ta hand om lunchdisken åt mig, medan vi går ut en stund?

– Men det ska han väl ändå inte! låtsades Janne protestera. Inte om han inte får betalt, förstås!

Och så kom det sig att Pelle, efter förhandlingar, hade sitt första sommarjobb. Lönen avtalades till tjugofem öre, och arbetsuppgifterna bestod i att ta hand om lunchdisken: diska, skölja, ställa upp i diskstället och torka. Ett ansvarsfullt arbete för en femåring. Han drog fram stolen till diskbänken, tog på sig ett förkläde (Marianne fick knyta där bak), klev upp och började tappa i varmvatten. Marianne hjälpte honom med diskmedelspulvret, så det skulle bli lagom mycket.

– Då diskar du alltihop först, och sedan drar du ur proppen och spolar ur hon. Och sedan tappar du upp nytt vatten och sköljer disken.

Pelle lyssnade noga, så han inte skulle glömma bort någonting, fast han ju egentligen visste alltsammans förut – han hade ju diskat tillsammans med Marianne många gånger.

Han fick lova att inte säga någonting till mamma och pappa, och om det hände något, skulle han bara gå ut på bron och ropa på Marianne.

Stolt satte han igång att diska mjölkglasen. Det var duralexglas, så man behövde inte vara orolig för att de skulle gå sönder, det hade mamma sagt. Tallrikarna tog han varsammare, och tänk – han slog inte sönder en enda en! Pelle kände sig riktigt, riktigt duktig, nästan som om han hade varit vuxen.

Marianne och Janne försvann. Pelle hörde deras steg frasa i gruset och såg en skymt av dem genom köksfönstret, där de hand i hand gick mot syrenbersån. Men så måste han koncentrera mig på arbetet.

Vad skulle mamma säga, om hon såg hur duktig han var? Fast det förstås, han fick ju inte berätta. Han la de sista besticken på diskbänken och drog ur den svarta bakelitproppen, som hängde i sin kedja. Medan hon fylldes med sköljvatten funderade han på om det ändå kunde finnas något sätt att berätta, utan att skvallra på Marianne och Janne. Men han kom inte på något.

När Janne och Marianne kom in i köket igen, hade Pelle inte bara diskat och sköljt. Han hade också staplat upp glasen och tallrikarna i diskstället, och knivarna och gafflarna i bestickkorgen, och nu höll han på att torka glasen och ställa in dem i skåpet.

– Men, vad du har varit duktig! utbrast Marianne.

– Bra grabb, det där, sa Janne och knackade Pelle på axeln, där han stod med diskhandduken.

– Det räcker nu, sa han. Resten tar Marianne hand om. Här har du tjugufemöringen, den har du ärligt förtjänat.

Pelle tog emot den silverblänkande slanten, rev av sig förklädet, gjorde en rivstart, men kom på sig själv. Nästan ute genom köksdörren tvärstannade han, vände sig om och bockade.

– Tack så hemskt mycket!

– Det är du som ska ha tack, sa Marianne och log.

Genast rusade han till kiosken. Det blev två hallonkolor, och en lakrits, och så två Dixikolor – de var nästan godast.

Senare på hösten, när det nästan var jul, fick Marianne sluta hos dem. Mamma hade grälat på henne och sagt, att det måste hon väl förstå, att det inte gick att ha henne till att servera på julkalasen – alla skulle ju se, hur det var fatt.

Då hade redan Janne kört ihjäl sig på motorcykeln: han hade fått sladd i lösgruset i en kurva och ramlat in under en lastbil, som kom från andra hållet på Rikstretton. Pelle försökte trösta Marianne så gott han kunde, han satt bredvid henne på sängen inne i hennes kammare och strök henne över ryggen. Ibland kramade han om henne mitt på köksgolvet också, och då kunde hennes mage få för sig att börja boxas. Pelle tyckte det var lite konstigt, det var ju Ingemar och Floyd som boxades, inte skulle väl Mariannes mage också göra det? Men han vågade inte fråga.

Pelle tyckte mamma var orättvis. Visst kunde man se att Marianne var ledsen, men det kunde väl inte göra så mycket, att hon måste sluta? Marianne kunde väl inte rå för att hon var ledsen, när

Janne hade kört ihjäl sig. Men mamma visste ju ingenting om Janne förstås.

När Marianne skulle ta bussen till sin hemby, följde Pelle med till hållplatsen och kramade om henne. Den här gången fick han en hel femtioöring att handla kolor i kiosken för. Han sträckte sig upp och torkade bort tårarna på Mariannes kind, samtidigt som han själv grät, så han höll på att gå sönder.

Men vad som egentligen hände i syrenbersån, det förstod Pelle inte. Inte förrän en sommar tio år senare. Hon hette Gunilla och gick klassen över honom, och buskarna gav fortfarande ett pålitligt insynsskydd. Men femöreskolorna hade stigit i pris.

Livet måste gå vidare …

Kapitel 1

En grekisk sjöfarare presenterar sig

HELLO, WHERE ARE YOU FROM?

Jonna tittar på Andreas tvärs över bordet, sedan på den ensamme mannen med ett ölglas två bord bort, och så på Andreas igen. Ska hon svara, och riskera att bli indragen i ett samtal, lika tråkigt och ointressant som omöjligt att avsluta på ett någorlunda artigt sätt? Nu när de har det så bra, äntligen på greklandssemester, med barnen tryggt inkvarterade hos farmor och farfar. Första semestern på egen hand på flera år!

De sitter på en uteservering i hamnen och väntar på sina friterade kalamari, bläckfiskringar, och har just fått in en karaff vitt vin.

Aprilkvällen är av den skimrande sorten. Tvärs över viken ser Jonna kapellet ute på udden, det som helgats åt Agios Nikolaos, den helige Nikolaus. Kapellet är synligt långt ute till havs och fungerar som landmärke för sjöfarande.

Jonna vill sitta här på uteserveringen och titta på alla småbåtar och stora katamaraner som lägger till vid kajen rätt framför dem. Och framförallt vill hon småmysprata med Andreas, inte konversera någon annan. Allra minst någon ölande grek, eller ännu värre, han kanske också är turist?

Men Andreas ler vänligt, inte bara med munnen, utan också med sina varma ögon. Han vänder sig till och med om och svarar på mannens fråga.

– We are from Sweden. And you?

– I am from here, from this island of Kea, säger mannen. Ögonen glittrar bakom de guldbågade glasögonen. Pannan är hög, lockarna silvergrå, och solbrännan ger en bronslyster åt det fårade ansiktet.

– Jag jobbade till sjöss i många år, fortsätter mannen. Först som matros, men sen gick jag sjöbefälsskola och blev styrman och så småningom kapten. Jag har seglat på de flesta hamnar. Europa, Asien och Australien. Nordamerika och Sydamerika. Och Afrika.

Mannen tar en djup klunk ur ölglaset.

– Då har du sett det mesta? säger Andreas. Många olika länder …

– Jag har sett väldigt mycket havsvatten, säger mannen. I alla sorters väder, från stiltje till orkan, från klar sikt till tjocka. Och ibland har jag sett isberg, alldeles intill fartygsskrovet.

– Det låter farligt, säger Jonna och minns Titanicfilmen.

– Det är farligt. Jag har haft tur som överlevt. Men jag kan inte påstå att jag sett särskilt många länder. Land ser man bara när man går in till hamnarna, och när man går genom en kanal, förstås. Jag har gått genom både Suezkanalen och Panamakanalen, många gånger. Men det är i hamnarna som jag har hört olika språk talas. Och jag tyckte att ert språk lät bekant. Sverige är ett bra land.

– Ja, kanske det, säger Andreas.

Jonna drar sig till minnes den senaste valrörelsen, och oredan efteråt. Är Sverige verkligen ett bra land? Alla partier verkade överens om att det barkade käpprätt åt skogen, låt vara att de hade olika uppfattningar om varför, och på vilket sätt.

– Varför tycker du att Sverige är så bra? frågar hon blygt.

– Ett väldigt bra land, säger mannen och ler. Frisk luft och stora skogar. Framgångsrika idrottsmän i nästan alla sporter. Och ni tar hand om varandra, ingen blir fattig.

Han har uppenbarligen inte hört talas om fattigpensionärer och systemkollaps, gängskjutningar och koranbränningar. Bilden av gräddhyllor och utanförskapsområden har tydligen inte nått fram till den grekiska övärlden. Men Jonna har inte minsta lust att diskutera svensk inrikespolitik, utan sitter tyst och studerar vinets lyster i glaset.

– Nice to hear, svarar Andreas med ett artigt leende.

Måsarna cirklar runt i lufthavet och störtdyker emellanåt mot restaurangborden i jakt på ätbara rester, men viker undan i sista sekunden från de bord där folk sitter och äter.

– Om det inte varit för postgången, hade jag kanske bott i Sundsvall nu, säger mannen. Men när jag upptäckte det, var det för sent.

Jonna kan inte hjälpa, att hon blir nyfiken. Men bara lite. Som tur är, kommer kyparen in nu, med bröd, tzatziki och två tallrikar med ljuvliga friterade kalamari. Andreas och Jonna skålar med varandra och låter sig väl smaka en stund.

Mannen vinkar till sig kyparen och får ett nytt glas öl. Så vänder han sig mot dem på nytt.

– Undrar hur livet skulle ha blivit, säger han. Om brevet kommit fram i tid …

Andreas och Jonna utbyter blickar tvärs över bordet. Ska de avbryta måltiden, betala och gå därifrån? Eller ska de sitta kvar, försöka njuta av maten och vinet, och lyssna till den här mannens berättelse? Båda tvekar, men när Andreas säger att det verkar vara viktigt för mannen att få berätta det här, och han är i alla fall inte otrevlig, kan inte Jonna komma på någon tillräckligt bra invändning. Hon till och med vänder sig till mannen och frågar:

– Which letter?

– Det är en lång historia, säger mannen. Inte för att livet blev så tokigt, jag älskar min fru, Sophia, och våra barn och barnbarn. Vi har det bra med varann, och vi har det ganska bra med livet för övrigt också, jämförelsevis. Det är många som har det svårare. Fattigdomen i Grekland har blivit värre de senaste åren.

– Så du är ganska nöjd med ditt liv? frågar Jonna.

– Ja, det måste jag nog säga, svarar mannen. Men man undrar ju hur livet skulle ha blivit, om jag fått Anne-Maries brev tidigare.

En stor segelbåt glider in mot kajen. Seglen är revade, men den lilla utombordsmotorn i aktern klarar utmärkt att driva båten här innanför piren. Hjälpsamma händer tar emot utslängda tampar och förtöjer båten vid ett par pollare.

Jonna både vill och vill inte höra vad mannen har att säga.

– Det låter som om du haft en kvinna i Sverige, innan du och Sophia träffades? säger hon, och mannen nickar.

– Men är du så säker på att Sophia skulle tycka om att du berättar det för fullständigt främmande människor, ute på en restaurang? fortsätter hon.

– Du har rätt, svarar mannen. Vi kan ju inte fortsätta att vara främlingar för varandra. Stavros heter jag.

Han reser sig, flyttar till bordet intill och sträcker fram en senig högerhand.

– Jag heter Andreas, säger Andreas.

– Andreas, ett grekiskt namn! säger Stavros. Har du grekiska för-äldrar?

– Nej, det finns många som heter Andreas i Sverige.

– Andreas Papandreou bodde i Sverige när det var militärjunta i Grekland. Sen kom han hem och blev premiärminister, när vi fick demokrati igen. En bra karl.

Jonna sträcker fram handen och presenterar sig, hon också.

– Trevligt att träffas! säger Stavros leende.

De skålar för sin nyfunna bekantskap.

– Sophia har hört mig berätta historien, många gånger, säger Stavros. Ibland är det hon som för den på tal. När vi grälar, kan hon säga ”Du skulle ha stannat i Sundsvall, hos den där Anne-Marie!”. Då tror hon att jag blir svarslös, att hon fått in en avgörande stöt. Men då säger jag bara ”Javisst, men om jag hade gjort det, så hade jag aldrig träffat dig”. Och då brukar vi bli sams igen.

Så konstigt är det väl inte om de grälar, tänker Jonna. Här sitter han ensam och dricker öl – och var är hon nånstans? Hon kan inte låta bli att fråga.

– Och var har du Sophia nu?

– Hon kommer om en stund, säger Stavros. Hon har gått med mat till sina föräldrar. Hennes mamma klarar inte längre köket, hon är nästan blind. Men så är hon 92 år också. Och pappan tror jag inte ens vet hur man kokar kaffe. Ni vet, den generationen. Är det inte likadant i Sverige?

– Nej, det tror jag inte, säger Andreas. Min farfar skötte hushållet själv i många år. Men nu får han hem matlådor från hemtjänsten, och de kommer och städar hos honom varannan vecka.

Stavros sätter upp ett förvånat ansikte.

– Kan det verkligen vara på det viset i Sverige? Får man hjälp av människor som man inte ens är släkt med?

– Javisst, försäkrar Andreas. Men kan du inte berätta om vad det var som hände i Sundsvall?

– På den tiden låg vi flera dagar vid kaj, när vi lossade styckegods, berättar Stavros. Det här var innan containertrafiken slog igenom. Och när vi var i någon hamn brukade vi ta en taxi in till stan och äta en bit mat på något ställe. Som omväxling till det enformiga käket i mässen. Och den här kvällen i Sundsvall träffade jag Anne-Marie.

– På en restaurang? frågar Andreas.

– Ja, fast kanske inte som du tror, säger Stavros. Det var inget krogragg, absolut inte.

– Ni träffades på en restaurang, och ändå var det inget krogragg? protesterar Jonna. Men vad var det, då?

Stavros lutar sig fram mot Jonna.

– Visst har ni ödesgudinnor i er gamla religion? Jag har läst att de sitter och spinner trådar, som styr hur människornas liv ska bli.

Hur kan en grekisk sjöman känna till den nordiska mytologin?

– Det är nornorna, säger Jonna. Urd, Skuld och Verdandi.

– Just så heter de, nu minns jag. När man jobbar till sjöss finns det inte så mycket att göra när man har frivakt. Man får ta och läsa vad man hittar i skeppsbiblioteket. På en båt fanns det en bok om vikingarnas värld. De var ju också sjöfarande, de kom ända hit … eller åtminstone till Pireus.

– Det såg vi om på teve, inskjuter Andreas. Vikingarna högg in runor på marmorlejonet där.

– På 1600-talet tog venetianarna det lejonet som vad de kallade krigsbyte, säger Stavros. Det står sedan dess på Arsenalen i Venedig.

– Vi såg ett gammalt stenlejon igår, säger Jonna. I närheten av en stad uppe i bergen. Man fick gå en bit.

– Det skrattande lejonet, säger Stavros. Då har ni varit uppe i Ioulida, eller Chora som vi säger. Det bästa med lejonet här på Kea är kanske att venetianarna inte kunde ta det med sig … Men nu glömmer jag mig. Var någonstans var jag?

– Du sa något om nornorna, våra ödesgudinnor, påminner Jonna.

– Just det! Det var nog en vacker tråd som nornorna spann, säger Stavros och biter sig i läppen. Ändå gick den av.

– Du var alltså i Sundsvall och skulle ut och äta med dina kompisar från båten, sammanfattar Andreas. Och då?

– Vi frågade chauffören efter en bra restaurang, och han körde oss till ett väldigt elegant ställe med en svängd marmortrappa i entrén. Praktfull arkitektur, måste jag säga.

– Knaust, far det över Jonnas läppar.

– Precis, så hette stället!! utropar Stavros. Tänk så jag har försökt komma på det. Knaust hette det, Knaust. Har du varit där?

– Nej, men det var ganska berömt på sin tid, säger Jonna. Byggt på 1890-talet, efter den stora stadsbranden. Där satt på den tiden träbaronerna, de som blivit rika genom att lura av bönderna deras skog, och groggade. Det är hotell nu igen, men det var kontor i över tjugo år. Det var en statlig myndighet som hade sina lokaler där.

Stavros tystnar en stund och tittar på sällskapet från segelbåten som nyss la till. De har nu gått i land. De stannar och tittar på menyn vid ingången, men bestämmer sig tydligen för någon annan restaurang och går vidare.

– Inte minns jag vad vi åt, men gott var det, fortsätter Stavros. Och varje gång flickan som serverade kom fram till vårt bord, såg hon mig djupt i ögonen. Något vackrare hade jag aldrig skådat. Ljust, lockigt hår, en liten uppnäsa, och så grönmelerade ögon, som man kunde drunkna i. Tänk dig bara det, en drunknande sjöman!

Han skrattar till.

– Kanske blev jag lite djärvare av vinet. När vi skulle betala, lånade jag en penna av kompisen och skrev namnet på båten på en av sedlarna. ΘΑΛΑΣΣΑ hette den, Thalassa, det betyder havet. Jag skrev namnet med både grekiska och latinska bokstäver.

Så banalt, tänker Jonna, men säger ingenting.

– Dagen därpå kastade vi loss och gick till Rotterdam. Och från Rotterdam till Liverpool, och från Liverpool till Oporto … Och hela tiden såg jag hennes grönmelerade ögon, så fort jag blundade.

– Förälskad vid första ögonkastet? småler Andreas.

– Ja, det kan man verkligen säga, bekräftar Stavros.

Lite nyfiken får Jonna ändå medge att hon är. Har berättelsen någon fortsättning?

Bilfärjan från fastlandet glider in i hamnen, roterar smidigt sina etthundraåttio grader och backar in mot kajen med aktern först. Bullret från maskinen, påkörningsramperna och alla bilar som rullar av eller kör ombord gör under några minuter alla försök till samtal helt omöjliga.

– En månad senare var vi i Sundsvall igen, berättar Stavros när oväsendet dämpats. Och vi skulle som vanligt in till stan och äta. Kompisarna ville testa något annat ställe, men jag stod på mig och sa att det varit bra mat på Knaust. Det var något helt annat än skeppskockens corned beef, och det fick ju kompisarna hålla med om. Så dit åkte vi.

– Och vad hände på Knaust, andra gången? frågar Andreas.

– Hon jobbade den här kvällen också, säger Stavros, och hon såg mig i ögonen på samma sätt. Sen när jag betalade, stod ett namn och ett telefonnummer på en av de sedlar jag fick tillbaka i växel.

– Dagen därpå var vi lediga, vi skulle inte gå förrän på kvällen. Jag hittade en telefonkiosk i hamnen, drog upp sedeln ur plånboken, stoppade in ett mynt och slog numret med darrande fingrar. På eftermiddagen sågs vi inne i stan. Vi tog en promenad och drack kaffe på ett ställe. När vi skildes åt hade vi utväxlat adresser, och jag visste att det var vi.

– Men du fortsatte segla? säger Jonna och höjer ögonbrynen.

– Ja, man måste ju försörja sig. Men Anne-Marie och jag träffades varje gång vi var i Sundsvall. Ibland kunde det gå flera månader mellan gångerna vi sågs, men ibland var det bara några veckor. Jag fick följa med hem till hennes föräldrar också, de bodde i en liten stad någon timmas resa söderut. Chou … Choudi … svårt att uttala.

– Hudiksvall, säger Jonna, utan att nämna att hon vuxit upp där.

– Choudix … hur sa du?

– Hu-diks-vall, upprepar hon, så tydligt hon kan.

– Ja, det var en trevlig stad i alla fall, säger Stavros efter ytterligare några tappra försök att uttala namnet på staden vid Bottenhavskusten. Och mamman bjöd på älgstek, minns jag. Med inlagd gurka och lingonsylt, sånt får vi aldrig i Grekland.

– Det låter ju hur trevligt som helst, säger Andreas. Men du sa något om postgången, och att det inte blev ni.

Stavros drar en djup suck och tittar ut över det klarblå vattnet i hamnen.

– Vi kom med båten till Melbourne, säger han efter en lång paus. Där låg ett brev och väntade på mig, på rederiets kontor. Brevet hade grekiska frimärken, och var poststämplat här på Kea. Men utanskriften var inte grekisk.

– Du fick brev hemifrån? Men inte från någon därhemma?

– Jag slet upp brevet. Det var från Anne-Marie!

– Tjejen från Knaust, konstaterar Andreas.

– Ja, det var tjejen från Knaust, eller från, vad sa du att stan hette, Choudixball?

– Hudiksvall, annars var det nästan rätt den här gången, småler Jonna.

– Anne-Marie från Houdixvall. Hon hade åkt ner till Grekland, tagit båten över till Kea och letat upp min mamma. Hur hon lyckades förklara vem hon var begriper jag inte, mamma kunde aldrig engelska. Men de var jätteglada båda två, och längtade efter att jag skulle komma hem.

– Och där satt du i Melbourne. Långt från Grekland ...

– Där satt jag i Melbourne, medger Stavros. Men inte särskilt många timmar. Jag åkte hem så fort jag kunde!

– Kan man göra det, när man jobbar på en båt, bara ta ledigt så där? undrar Jonna.

– Naturligtvis inte. Jag sa till kaptenen att det hänt saker så jag måste åka hem. Han blev förstås rasande och gafflade en massa om kontraktsbrott. Men jag sa att det fick han i så fall ta med Sjöfolksförbundet, och redan samma eftermiddag mönstrade jag av där i Melbourne.

– Du tog ditt pick och pack och klev iland?

– Jag tog sjömanssäcken och gick över landgången, ned på kajen. Där slängde jag mig i en taxi ut till flygplatsen. Och tog första flyget hem.

– Gick det direktflyg mellan Australien och Grekland? undrar Andreas.

– Nej, det kan man knappast påstå, skrattar Stavros. Inte minns jag alla mellanlandningar och byten, men inte gick det raka vägen precis. Jag tror det tog ett par dygn innan jag var hemma i Grekland.

– Och där satt Anne-Marie och din mamma och väntade?

– Nej, säger Stavros sorgset. Mamma berättade att hon åkt hem. Hon hade skrivit till mig, och väntat i flera veckor på att jag skulle höra av mig och komma hem.

– Men du kom ju så fort du kunde?

– Jag kom så fort jag fick Anne-Maries brev. Men där, i köket hemma hos mamma, tog jag fram brevet och tittade på poststämpeln. Det hade gått två månader sedan brevet postats!

– Men hur kunde det gå två månader innan du fick brevet?

– Ibland var det svårt med postgången till sjöss, säger Stavros. Rederiet visste vart vi var på väg och skickade posten dit. Men det kunde hända att vi hunnit därifrån, när posten kom, och så fick de skicka den vidare till nästa hamn, och nästa. Att brev kom fram efter två månader var inte vanligt, men det blev så ibland.

Stavros tar upp servetten från bordet och torkar sig i ögonvrårna.

– Jag försökte naturligtvis ta kontakt igen, så jag skrev till hennes adress i Sundsvall, fortsätter han. Och sen kom ett svar. Hon skrev att hon hoppades att jag skulle få det bra i livet, men att hon aldrig ville se mig mer.

Stavros suckar och blickar ut över båtarna i hamnen.

– Man vet aldrig hur det skulle ha blivit, säger han långsamt. Ett år senare träffade jag Sophia. Och vi är fortfarande gifta, efter alla de här åren.

– Ursäkta en närgången fråga, säger Andreas. Hur har ni lyckats med det? Alla åren som du arbetade till sjöss, hur klarade ni av att hålla ihop?

Stavros torkar en tår ur ögonvrån och börjar småskratta.

– Desto mer längtar man efter varandra, säger han med ett stort leende. Att få gå i land och vara ledig och dela livet med Sophia några veckor emellanåt, det har varit fantastiskt för min del.

– Jag trodde sjömän hade en kvinna i varje hamn? invänder Andreas. Och så sitter det en förtvivlad sjömansänka därhemma, med det totala ansvaret för hus och barn och alltihop.

– Inte för vår del i varje fall, säger Stavros. Det där är nog mest en myt. Jag har faktiskt läst att det finns forskning på att det blir färre skilsmässor i sjömansäktenskap än bland befolkningen i stort. Däremot blir det ofta problem när mannen mönstrar av och går i land för gott. Då måste man hitta nya sätt att leva tillsammans. Men Sophia och jag har klarat det, tack och lov.

Jonna sitter tyst och funderar. Ska hon säga något, eller inte?

Ska hon berätta om den mörkhårige Stefan som gick i hennes klass i skolan? Han som aldrig ville säga något om sin pappa.

Och ska hon säga något om hans ensamma mamma Anne-Marie, hon som flyttade hem till Hudiksvall när hon var gravid och inte längre fick jobba kvar på Knaust?

– Ibland har jag funderat över vad som har varit det allra bästa i mitt liv, säger Stavros eftertänksamt. Att jag träffade Sophia. Ungarna, och barnbarnen … självklart! Men det jag upplevde med Anne-Marie kan inte heller tas ifrån mig.

Jonna väljer att inget säga. Det kanske bara rör upp i onödan.

Istället ber hon Andreas vinka till sig kyparen, så de får betala och gå där ifrån.

Till Stavros säger hon bara: – Nice to meet you. De skakar hand, och Stavros fumlar ner ett visitkort i Andreas bröstficka.

På väg ut från restaurangen stöter de ihop med en kvinna. Hon har grekiskt böjd näsa och gråsprängt hår. På långt håll ler kvinnan mot Stavros.

Kapitel 2

Ett brev från det förflutna anländer till en liten stad vid Bottenhavskusten

VARFÖR KAN INTE POSTEN, eller PostNord om det nu ska vara så noga, varför kan de inte göra som vanligt? suckar Anne-Marie. Några fönsterkuvert och ett halvt kilo reklam, räcker inte det alldeles utmärkt?

Och så kommer det inte bara ett utan två handskrivna brev, såna där som folk skrev förr i tiden. Och det inom loppet av en vecka!

Först ett från Jonna, som Anne-Marie inte sett sen Stefan gick ut nian. Hur Jonna har lyckats leta rätt på henne vet hon inte, det är ju många år sen Anne-Marie flyttade från Stormyravägen. De kan väl söka vad som helst på nätet, förstås.

Hon läser Jonnas brev med nyfikna ögon. Den där pigga tjejen som gick i Stefans klass hela grundskolan. Det hade gärna fått bli något mellan henne och Stefan.

Västerås 8 maj

Hej Anne-Marie!

Du kanske tycker det är konstigt att jag hör av mig. Inte vet jag om du fortfarande minns mig, men jag gick i samma klass som Stefan i Björkbergs-skolan, och sedan på Öster. Stefan och jag har fortfarande en del kontakt med varann.

Hoppas det är bra med dig, och att Hudiksvall fortfarande står kvar. Jag har inte varit i stan på många år. Efter skolan stack jag hemifrån, och sedan flyttade mina föräldrar till Gävle. Nu bor jag i Västerås och är gift med Andreas. Vi har två barn, Lisa och Wille, tvillingar. Nästa vecka fyller de 5 år, så då ska vi ha kalas.

Varför jag skriver till dig är för att jag har något märkligt att berätta. För ett par veckor sedan var Andreas och jag i Grekland. Barnen var hos sin farmor och farfar, det var faktiskt första gången sedan vi fick dem som vi var ute och reste utan barn.

En kväll satt vi på en restaurang och träffade en man, som berättade att han för många år sen hade varit i Sundsvall och träffat en tjej som hette Anne-Marie och jobbade på Knaust. Han hette Stavros.

Jag kopplade inte först, men sen kom jag på att det kan ha varit dig han menade. Det är så mycket som stämmer – visst jobbade du på Knaust när du var ung?

Det kändes varmt när han talade om dig och hur ni hade träffats varje gång han var i Sundsvall. Jag fick känslan att han gärna skulle vilja ha kontakt med dig. Ändå är han gift och har barn och barnbarn, så jag tror inte han är ute efter att ragga på dig.

Vi fick hans visitkort när vi lämnade restaurangen. Hans adress är med grekiska bokstäver

ΣΤΑΥΡΟΣ ΚΑΛΟΥΔΙΣ
ΚΟΡΗΣΣΙΑ 84002
ΚΕΑ ΚΥΚΛΑΔΕΣ
ΕΛΛΑΣ
Jag har också skickat din adress till honom. Hoppas att ni får kontakt med varann, och att inte det här ställer till något för dig.
Mvh
Jonna

Tydligen har Jonna varit i Grekland och råkat träffa på Stavros, av alla människor. Och så har hon inte bara letat upp Anne-Maries adress i Hudiksvall, utan hon har också skrivit till Stavros och berättat var hon bor.

Stavros.

Stefans pappa, som han inte vet om.

Anne-Marie drar en djup suck och tittar ut genom köksfönstret.

Som Anne-Marie satt och väntade, vecka ut och vecka in, nere på Kea. Satt där med hans mamma Eleni, som var hur gullig som helst men inte kunde ett ord engelska.

Till slut tröttnade hon på att vänta och åkte hem. Och så skrev hon ett brev och sa att hon aldrig ville se honom mer.

Ändå har det inte gått en dag utan att hon tänkt på honom.

Herregud, hur längesen är det? Stefan fyller fyrtiotre nästa månad, den sextonde. Och hans egna ungar har aldrig vetat om något annat än att de har en farmor, men ingen farfar.

Och så kommer det ännu ett brev. Med grekiska frimärken på. Anne-Marie vet precis vem det är ifrån, och lägger det i köksskåpet, bredvid tallrikarna.

Varenda gång hon öppnar skåpet ser hon brevet. Vill inte se. Vill se. Öppnar skåpet en gång till. Vill inte. Stänger.

Efter fyra dagar sätter hon sig i soffan och öppnar brevet. Fast hon inte är riktigt säker på att hon vill läsa. Men det går inte att låta bli. Inte efter två glas vin.

Grekiskt vin. Inte retsina, det tycker hon inte om. Samos är i sötaste laget, men det duger för det här ändamålet.

Hur ska Anne-Marie kunna berätta för Stefan? Att det inte alls är som han alltid fått tro, att hans riktiga pappa är död, att han sköljdes överbord och drunknade? Att han har en grekisk pappa som i högsta grad är i livet? Att han har grekiska syskon, och att ungarna har grekiska kusiner?

Och, framförallt, att hon aldrig har slutat älska hans pappa. Att det är därför som hon aldrig har velat ha någon kontakt med honom.

Att det är därför som Anne-Marie inte har låtsats om att Stavros finns.

Varje kväll läser hon brevet. Om och om igen. Läser, och gråter en skvätt. Och så läser hon igen. Stavros skriver sämre engelska än han talade, det är inte alltid så lätt att förstå vad han menar. Hon får försöka gissa sig till innebörden i en del meningar.

Vissa kvällar fastnar hon i läsningen, hon glömmer till och med att sätta på teven till Aktuellt klockan nio. Hon sitter och läser och funderar, funderar och läser. Det går åt mer och mer av det söta grekiska vinet. Hon blir lite orolig – man ska väl inte sitta ensam och dricka vin, hur snabbt kan man bli alkoholist?

Kea 10 maj

Kara Anne-Marie!
Inte sa van jag ar att skriva engelska spraket. Men jag hoppas du ska forsta.

Kanske du tycker konstigt vara, att fa brev fran mig nu, efter alla aren dessa. Men min fru, Sophia, tror att det viktigt ar for mig. Jag vet inte om du minns mig. Men jag har aldrig glomt dig.

Jag inte langre seglar till sjoss. Har fatt pension nu, och behover inte arbeta. Ibland jag aker med farjan till fastlandet, men bara som passagerare.

Jag satt på restaurang en kvall och vantade på Sophia, och jag traffade svenska kille och tjej. De visste Sundsvall och Knaust, och Hudiksvall. Jag talade om att jag traffade dig.

Svenska tjej Jonna skrev brev och berattade var du bor. Du bor i Hudiksvall nu. Samma stad dar din mamma och pappa bodde. Lever dina foraldrar?

Sista brev du skrev, du ville aldrig se mig mer. Men kanske du inte blir arg for brevet efter alla aren. Jag hoppas du har bra i livet.

Fast aldrig hon traffade dig, min fru Sophia halsar till dig. Vi har tre barn och atta barnbarn. De flyttade till Athen efter skolan, men de kommer hem till Kea nastan varje veckanda.

Ofta jag har tankt pa dig. Hoppas du gifte lycklig. Kanske du svarar pa brev.

Tusen kramar

Σταυρος

Kapitel 3

Ett brev som inte lämnar mottagaren i fred

LILLA JONNA, som Anne-Marie inte har sett sen Stefan och hon gick ut nian! Jonna som bodde på Östanbräcksvägen med föräldrar, syskon och ett halvt menageri. Katter, marsvin, kaniner, för att inte tala om alla undulater som med jämna mellanrum blev uppätna av katterna. Namn hade alla djuren, hur nu ungen kunde hålla rätt på dem.

Hur har Jonna lyckats leta rätt på henne?

Tydligen bor hon i Västerås numera, och hennes man heter Andreas. Barn har de också. Men hon skriver att de varit på semester i Grekland och kommit i samspråk med en äldre man som hette Stavros.

Jonna låter nästan skuldmedveten mellan raderna, där hon skriver att hon förstod att det var Anne-Marie som Stavros hade träffat på Knaust i Sundsvall, och att hon givit honom hennes adress.

En sån jänta! Hon var ju egentligen inte vettig nånstans som barn heller. Tänk när hon hjulade hela vägen runt Lillfjärden! Men snäll rakt igenom, nästan orimligt snäll.

Det är inte brevet från Jonna som Anne-Marie läser på kvällarna. Det är brevet från Stavros, som vägrar lämna henne i fred.

Kara Anne-Marie!

Inte sa van jag ar att skriva engelska spraket. Men jag hoppas du ska forsta.

Vid det här laget kan Anne-Marie Stavros brev nästan utantill. Orden har etsat sig fast i hennes minne – om det nu är närminnet eller långtidsminnet.

Anne-Marie hör nyckeln sättas i låset. Stefan har fått behålla nyckeln till hennes lägenhet, även sedan han flyttade hemifrån. Ja, när hon flyttade från Stormyravägen fick han nyckeln till den nya lägenheten också. Det känns tryggare så. Anne-Marie menar, om hon skulle ligga där en morgon, med brusten aorta eller nånting. Då är det ju skönt om han slipper besvära polisen, och låssmeden.

Arbetar man i hemtjänsten har man varit med om ett och annat. Flera gånger har Anne-Marie hittat någon av sina pensionärer liggande, på badrumsgolvet eller i sängen, plötsligt avliden under natten.

Stefan bryr sig inte om att ringa på dörren. Han bara låser upp och går in. Precis som om han fortfarande bodde hemma. Fast Anne-Marie har aldrig bråkat om det.

Hon hinner inte stoppa ner brevet och gömma det, förrän han står i köket.

– Hallå morsan! Men vad är det jag ser? Sitter du och läser brev? Du har väl inte fått en beundrare nånstans?

Han måste ha sett. Det bultar i örsnibbarna, och hon blir alldeles het i kinderna.

– Nej … inte p-precis … stammar hon.

– Jaså, inte precis? Och det menar du att jag ska tro på?

Stefan skrattar. Och Anne-Marie hör att skrattet låter varmt och rentav hjärtligt. Han vill henne väl, det vet hon. Ändå känns det för henne som ett hånskratt. Hon måste gömma ansiktet i händerna.

– Men morsan, det är väl inget att skämmas för? Är det inte på tiden, att du får ihop det med någon? Bara han är snäll mot dig …

– Snälla Stefan, det är inte som du tror. Jag ska förklara nån gång. Fast inte nu.

– Nähä. När då då? Vad är det du ska förklara?

– Stefan. Inte nu, säger jag. Jag vill att du går nu.

Stackarn, han ser alldeles chockad ut.

– Vadå? Jag har ju nyss kommit! Tänkte få en kopp kaffe på vägen hem, bara. Du vet, det är långt att köra, och fredagstrafik …

– Gå nu, sa jag!

Stefan har knappt stängt ytterdörren, förrän Anne-Marie störtbölar. Herregud, det måste höras ända ut i trappuppgången! Men hon kan inte hejda det. Tårarna bara forsar.

Den här kvällen är det omöjligt för Anne-Marie att somna. Det bara snurrar för henne.

Alldeles för varmt i rummet.

Hon öppnar fönstret och drar undan täcket.

En stund senare fryser hon så hon skakar.

Och så gråter hon. Gråter sig varm, faktiskt.

Svettas. Och fryser igen.

Hon körde ut Stefan! Något hon aldrig gjort förut.

Aldrig haft anledning till.

Och anledning hade hon inte nu heller.

Om hon ändå hade stannat kvar där på Kea, hos Stavros mamma. Eleni. Man hon var tvungen att åka därifrån. Måste helt enkelt, innan det började synas.

Ett ödesdigert beslut, som hon alltid ångrat.

Stefan hade kunnat ha en pappa. En pappa som seglade på de sju haven, visst, men ändå en pappa.

Det var inte så lätt att säga, det där att hans pappa hade jobbat på en båt, ja det var ju i och för sig sant, men att han hade ramlat överbord och drunknat. Och från början kom hon ju inte heller ihåg vilket hav hon hade sagt att han drunknat i ... Stackars Stefan, han måste ha blivit helt förvirrad!

Vad det nu kunde göra för skillnad, Adriatiska havet eller Egeiska havet. Eller Mexikanska golfen, som hon råkade säga vid något tillfälle. Till slut hade hon bestämt sig för Biscayabukten, och hållit fast vid det genom alla år.

Nu fryser hon igen. Måste gå upp och stänga fönstret.

En sak är hon helt säker på, bara en enda sak. Stefan kommer aldrig att förlåta henne. Herregud, hon har ju bestulit honom på halva hans liv! Hans grekiska pappa, hans grekiska farmor, som alltid gick klädd i svart ... de bär sorgdräkt i tolv år, de ortodoxa kvinnorna.

Stavros sa aldrig något om sin pappa, bara att han var död. Men Eleni hade hans porträtt framme, och alltid friska blommor i en vas. Giorgios tror hon pappan hette. Stavros var rätt lik honom.

Klockradions digitalsiffror lyser ilsket röda. 00:37. Tur att det är lördag i morgon, hon kan sova länge, så länge hon behöver.

Som hon har svikit Stefan! Sin son! Sin egen enfödde son!

Och Stavros son. Sonen, som han inte vet om. Det är Anne-Maries fel. Bara hennes förbannade fel.

Men sveket mot Stefan känns ändå värre än sveket mot Stavros. Tusen gånger värre. Eller kanske niohundranittioåtta, åtminstone.

Hon blir alldeles torr i munnen. Ska hon gå upp och dricka vatten? Nej, då blir hon bara kissnödig. Hon försöker bita sig i kindens insida istället. Långsamt rinner saliven till. Hon försöker att inte bita hårt. 01:52 visar radion.

Och så är det alldeles på tok för varmt i rummet igen.

Telefonsignalen skär som en sågklinga genom den ljusa morgonluften. 08:13 visar siffrorna på klockradion. Då måste hon ändå ha slumrat till lite frampå småtimmarna.

Mobilen ringer och ringer. Anne-Marie har glömt den kvar i jackfickan, därute i hallen. Hon ligger kvar i sängen.

Ringer och ringer. Tröttnar de aldrig?

Nio signaler nu … tio … elva.

Telefonen fortsätter att ringa. Hon får nog kliva upp ändå och svara.

Hon ser på displayen att det är Stefan.

– Hej Stefan. Jag låg och sov.

– Hallå morsan, hur är det med dig?

Han låter riktigt orolig på rösten.

– Det är bara bra, antar jag. Har inte hunnit känna efter, jag vaknade nyss av telefonen.

– Vad bra! Jag kände att jag måste kolla. Du blev så konstig igår. Hade det hänt något?

– Nej, inte alls. Det är bara …

– Bara vad då?

– Egentligen ingenting. Ingenting viktigt, menar jag. Alltså, ingenting du behöver oroa dig för. Men det är något jag måste tala om för dig.

Stefan blir alldeles tyst i luren.

– Har du träffat nån? Morsan, jag blir så glad för din skull. Grattis! Vad heter han? För det är väl en han?

– Det är inte som du tror, Stefan. Men jag kan inte berätta det här på telefon. Kan ni inte komma hit, allihopa? Jag menar, Sara och flickorna också?

– Det går inte. De har matcher idag, båda två. Innebandy. Sara coachar på bänken, och jag ska sälja lotter.

– Men i morgon då? Jag kan bjuda på söndagsmiddag. Det finns nog en stek i frysen, om jag tänker efter. Kan ni komma klockan fyra?

– Ja, om de nu vill följa med, förstås. Söndagsmiddag hos farmor står väl inte högst på deras önskelista.

– Då köper jag glass också, så får vi den med varma hjortron till efterrätt.

– Det låter fint, det vet jag i alla fall att Sara har svårt att motstå.

Nu låter han lugnare på rösten. Lugnare och gladare.

– Vad bra, då följer hon med åtminstone. Jag vill inte att du är ensam i bilen när du kör hem den här gången.

– Nu fattar jag ingenting. Men det var jätteskönt att du svarade i telefon till sist, jag var riktigt orolig. Hej då morsan, ses i morgon!

– Hej då, kör försiktigt!

Nu har hon sagt A. Och i morgon eftermiddag måste hon säga B. Någon återvändo finns inte.

När hon blundar, ser hon Stavros. Den Stavros som hon ser för sin inre blick har inte blivit en dag äldre sedan hon skrev sitt telefonnummer på femtiolappen, som hon lämnade tillbaka för ett halvt människoliv sedan. Hur kan han se ut nuförtiden?

Mycket riktigt ligger det en älgstek i frysen. Tur att syrran är med i jaktlaget. Anne-Marie brukar få några bitar efter jakten. Steken hinner tina till i morgon, om den får ligga framme. Det behövs grädde till såsen, den skriver hon upp på iniköpslistan, men hon har kvar så det räcker av trattkantarellerna som hon plockat och torkat själv. Hon skriver också upp glass och tar upp en påse frusna hjortron.

Men något starkare än lingondricka tänker hon inte bjuda på. Om hon ska klara det här, måste alla vara vid sina sinnens fulla bruk. Tur att hon plockade så pass med lingon i september, att det räckte till både sylt och dricka.

Den där Jonna! Vad hon ska ställa till!

Det är tur att Jonna inte är här. Anne-Marie skulle kanske strypa henne?

Eller också skulle hon falla henne om halsen, och vara henne evigt tacksam ...

Kapitel 4

Söndagsmiddag med avslöjande

Vad har Anne-Marie ställt till med?

Nu sitter de här vid bordet, alla fyra, men det är något som kärvar. Inte ens flickorna berättar om sina innebandymatcher igår. Jo, de säger förstås hur det gick. Lindas lag vann med sex–två, och hon gjorde två av målen. Malin säger surmulet att hennes lag förlorade med fyra–tre, och att domaren var en idiot som dömde straff för det andra laget, det var ju ingen som hade gjort något oschysst. Sara slätar över och säger att det är svårt att döma, ingen är perfekt, och särskilt svårt kan det vara för nån som bara är ett par tre år äldre än spelarna på planen. Man får acceptera att det är domaren som dömer, och så får man försöka vinna nästa match istället. Men Malin är sur ändå. Det är inte ens säkert att hon tänker fortsätta med innebandyn.

Allt går trögt. Älgsteken smakar som den ska, det är skönt att ingen av flickorna fått för sig att gå över till vegankost, och glass med varma hjortron är ett alltid säkert kort. Men de pratar bara om sånt som är garanterat riskfritt, sånt som ingen kan bli upprörd över.

Förutom innebandyn då, förstås.

Ingen frågar något. Och inte säger Anne-Marie något, hon heller. Hon känner att hon darrar på handen när hon häller upp kaffe till Sara, Stefan och sig själv. Några droppar hamnar på duken. Flickorna dricker läsk.

Nu tittar Sara på klockan. Och Stefan tittar på sin, och så möts deras blickar.

Anne-Marie inser att inte går att skjuta upp längre.

Säger hon inte något nu, så kommer de att säga att då ska vi nog tänka på refrängen, det är en bra bit att köra, och tacka för en jättetrevlig middag. Och flickorna kommer att vara jättesnabba med att få på sig ytterkläderna och rusa iväg nerför trappen, Anne-Marie kommer inte ens att hinna krama om dem.

Nu eller aldrig.

– Jag har fått brev från din pappa, Stefan, hör hon sig själv säga.

Fyra gapande munnar. Det ser nästan ut som i ett fågelbo, fast de är nog mätta efter den här middagen.

Varifrån fick hon modet?

– Du har v-v-vadåförnånting? stammar Stefan.

– Du hörde alldeles rätt, säger Anne-Marie. Jag har fått brev från din pappa.

– Nämen, säger Sara. Stefan har väl ingen pappa?

– Du har ju alltid sagt att min pappa är död. Att han drunknade, säger Stefan.

Flickorna sitter tysta, och stirrar, ömsom på sin farmor, ömsom på sin far.

De vrider på huvudena nästan samtidigt, de ser ut som publiken på en tennismatch. Eller som löpankor.

– Nej, säger Anne-Marie. Han gjorde inte det. Han drunknade inte, han är inte död, tvärtom. Och nu har han skrivit till mig, på sin knaggliga engelska.

– Var det hans brev som du läste, när jag kom hit i fredags?

– Ja, erkänner Anne-Marie. Jag satt och läste det brevet. Brevet från din pappa.

Och så klarar hon inte mer. Hon rusar in på toaletten och låser om sig. Hon öppnar kranen, så det inte ska höras hur hon gråter. Så sjunker hon ner på toalettstolen.

Vattnet skvalar i handfatet, och Anne-Maries tårar rinner. Rinner, eller snarare sprutar. De vill inte ta slut, hon bara fortsätter att gråta.

Mer än fyrtio års instängda tårar forsar fram. Hon kan inte hejda dem. Inte ens när det bultar på badrumsdörren.

– Mamma, har du fastnat där inne?

Mellan hulkningarna lyckas hon pressa fram någon sorts svar.

– Kan du inte komma ut, jag fattar ingenting!

Det är väl inte annat att göra. Hon drar av en halvmeter från toarullen och torkar bort runnen mascara, vrider om låset och kliver darrande ut i hallen. Så möter hon Stefans axel, lutar sig mot honom och bölar på. Han lägger lite tafatt handen om hennes nacke.

Som om det vore hans uppgift att trösta henne, och inte tvärtom!

Tanken får henne att samla ihop sig, åtminstone litegrann.

– Varför har du inte sagt något? Och vad stod det i det där brevet, egentligen?

Stefans frågor är hur berättigade som helst. Anne-Marie inser det. Men hon klarar inte av att svara.

– D-d-du kan läsa själv, snyftar hon. Bre … brevet ligger i köksskåpet. Bredvid tallrikarna.

Stefan går ut i köket och öppnar skåpet. Han tar med sig brevet ut i vardagsrummet och sätter sig i soffan. Sara sätter sig bredvid honom, och flickorna tränger ner sig bredvid dem, så det är risk för att soffans armstöd ska ge vika.

De läser samtidigt, alla fyra, under dov tystnad. Nej, det är inte alldeles tyst hela tiden, emellanåt fnittrar någon av flickorna till åt den stelbenta engelskan.

Så viker Stefan ihop brevet och stoppar tillbaka det i kuvertet.

Han tar ett djupt andetag.

Anne-Marie också.

Sedan håller hon nästan andan.

Det går en evighet.

– Då var det just det här som Jonna menade, säger Stefan.

– Jonna?

– Men spela inte dum nu, morsan! Jonna som jag gick i skolan med! Vi har hållit kontakt i alla år, det är rätt kul. Hon brukar skicka bilder på sig och Andreas, eller någon rolig länk.

– Ja, visst kommer jag ihåg Jonna. Men vad menade hon, säger du?

– Jag fick ett brev för någon månad sen, eller egentligen bara ett tidningsurklipp. Ett horoskop ur någon veckotidning. Och för mitt stjärntecken stod det, att livet skulle förändra sig på ett mycket oväntat sätt.

Anne-Marie drar efter andan.

– Det är samma Jonna som det står om i brevet, Stefan. Jag fick brev från henne, där hon berättade att hon och hennes man varit i Grekland. Jag visste inte ens att hon är gift, det måste ha varit jättelänge sen vi hade kontakt!

– Men nu skrev hon till dig?

– På något sätt måste hon ha letat fram min adress. Hon skrev att de hade träffat en man, som för många år sen varit i Sundsvall och träffat en tjej, som serverade på Knaust.

– Och den tjejen var …

– Ja, men plåga mig inte längre, Stefan! Ja, den tjejen var jag. Sjutton år var jag. Och på två kvällar och en eftermiddag blev jag kär. Bottenlöst kär! Så patetiskt!

Och så kommer frågan som Anne-Marie har fasat för. I alla år. Och ännu värre nu, sen de kom, breven från Jonna och Stavros.

– Varför har du inte sagt något?

Tårarna sprutar igen.

Stefan reser sig, går runt soffbordet, sätter sig på armstödet till Anne-Maries fåtölj och lägger armen om henne. Och Sara sträcker försiktigt ut handen.

Långsamt, långsamt börjar Anne-Marie berätta.

Om hur det var att flytta hemifrån efter skolan, och få jobb som servitris på Knaust. Hierarkin bland personalen, källarmästaren med sina slippriga vitsar och buffliga kontaktförsök, kocken och spritkassörskan som man måste hålla sig väl med, hyresrummet med en tekokare i garderoben. Vilka restauranggäster man måste stryka medhårs och le och glittra mot, och vilka man måste hålla kort.

– På armlängds avstånd, om du förstår vad jag menar.

– Jodå, nog kan jag föreställa mig det. Men så var det någon som du inte höll på armlängds avstånd?

– Stavros var helt annorlunda. Jag tror att jag visste på en gång, att det var vi.

– Men ändå blev det inte så?

– Vi träffades så fort hans båt var i Sundsvall. Och så skrev vi till varandra. Så gott vi nu kunde, ingen av oss var särskilt bra på engelska.

– Nej, det syns ju i brevet. Att hans engelska inte är så bra, menar jag.

– Jag hade adressen till hans mamma i Grekland, och så hans adress på rederiet. Men det var krångligt med postgången, ibland kom hans båt till Sundsvall innan mina brev kommit fram till honom. Det kunde ta flera veckor.

Stefan ser bekymrad ut.

– Har han vetat om mig i alla år, utan att höra av sig? Vet han att jag finns?

Och så bölar hon igen.

Stefans arm om hennes axlar.

Hon kan inte hjälpa det, den känns nästan som Stavros. Som han höll om henne, de gånger hon var ledsen.

Om nu kroppen kommer ihåg rätt.

– Nej, Stefan. Han fick aldrig veta att du var på väg.

– Hur … men hur kunde du???

Anne-Marie måste samla ihop sig. Nu måste hon berätta. Det får bli som det vill, hon har redan gråtit, det gör inget om det kommer fler tårar.

– Stefan, jag tror inte att han nånsin förstått att du finns. Så här var det:

Och så börjar hon berätta, med ansiktet nedåt, ner i bordsskivan. Det kommer tårar mellan vart och vartannat ord, men hon bryr sig inte om att torka bort dem.

Stefan håller fortfarande om henne, och strör in några "ja …" och "mmm …", när det fastnar för henne. Sara sitter lutad över soffbordet med handen över Anne-Maries, och flickorna kryper ihop i varsitt soffhörn, med förundrade miner, ser hon när hon för-söker blicka upp under pannluggen.

– Jag var jättekär i Stavros. Din pappa, alltså. Och jag visste att det var honom jag ville leva med, hela livet. Om vi skulle bo i Sundsvall eller i Grekland spelade ingen roll, jag visste att jag ville dela mitt liv med honom.

– Och när jag förstod att du var på väg, ville jag berätta det för honom, först av alla. Jag var hur lycklig som helst, och jag ville dela den lyckan med honom. Ingen skulle få veta något före honom.

Kapitel 5

Ett oväntat telefonsamtal

HUR KUNDE DET BLI SÅ HÄR? undrar Jonna.

Inte har hon något med Stefans mammas privatliv att göra, vad hon vet. Och inte heller med hur Stefan har det i livet. De har setts på återträffarna, och skickat lite bilder på sina ungar till varann. Bara på kul.

Och så ringer han en kväll, efter alla år. En regnig kväll. Han ringer på den fasta telefonen, som de för den egna firmans skull fortfarande har kvar.

Han får knappt ens fram vad han heter, bara att han måste få prata med Jonna. Andreas som svarar räcker luren till henne, men han har en bekymrad rynka mellan ögonbrynen.

– Det är någon karl som absolut måste prata med dig. Jag vet inte om han är nykter, han låter himla konstig …

Lite osäkert tar hon luren.

– Ja, det är Jonna.

Det snörvlar och snyftar om vartannat i luren, men så småningom samlar den påringande ihop sig och berättar vem han är.

Stefan.

Och hon förstår på en gång.

Hon vinkar lugnande åt Andreas, det är ingen fara med henne. Kan han inte ta med sig hunden och ungarna ut på en kvällspromenad, trots regnet?

Lisa och Wille får snabbt på sig galonisar och gummistövlar. Att plaska i vattenpölarna är bland det roligaste de vet, särskilt när hunden är med. Andreas suckar, men Lassie (döpt efter filmens collie) står redan vid dörren och krafsar. Så snart dörren slagit igen bakom dem frågar hon Stefan hur det kommer sig att han ringer. Fast det vet hon redan.

– Jonna, jag fattar ingenting, kommer det mellan snörvlingarna.

Har hon hört honom gråta förut? Det bara forsar på, som en vårbäck med smältvatten.

– Vad är det du inte fattar?

– Ingenting, sa jag ju. Morsan fick ett brev från Grekland …

– Nej, fick hon? Det trodde jag inte!

– Vadå trodde inte?

– Att han skulle skriva, förstås. Jag var inte ens säker på att hans Anne-Marie var din mamma. De hade haft en historia för många år sen, berättade han …

– En historia? Morsan var alldeles förstörd, när jag fick henne att berätta om brevet!

– Det var absolut inte meningen att ställa till något för henne, eller för dig, säger Jonna.

Det blir alldeles tyst i luren.

Länge.

Så kommer nya snyftningar.

De stegras i ett långsamt crescendo, undan för undan. Snyftningarna blir snörvlanden, som blir gråt, som stegras till ett ylande, ett tjut.

– Stefan?

Tjutet diminuerar igen till ylande, till gråt. När han har kommit ner till snörvlanden, svarar han.

– Ja?

– Vad är det jag har ställt till med?

– Ingenting, egentligen, säger Stefan mellan snörvlingarna. Du har bara … skakat om hela min världsbild. Min livshistoria … Allt är bara kaos … jag vet inte var jag ska börja för att få ordning på mitt liv … Och morsan är helt förstörd. Det är som en tsunamivåg som har rullat in … Men mer än så är det inte. Alltså inget speciellt.

Det sista låter torrt, nästan bittert.

Jonna börjar frysa längs ryggraden. Kan inte Andreas komma hit med en filt? Nävisstnä, ungarna och han gick ju ut med hunden.

– En tsunamivåg, säger du?

– Vad var det för snubbe som Andreas och du träffade i Grekland, egentligen?

Nu låter han åtminstone lite ilsken.

– Om du vill kan jag berätta. Men jag vill att du har någon hos dig, som kan hålla dig i handen.

– Sara sitter här bredvid mig. Hon har hållit om mig de senaste nätterna, medan jag legat i fosterställning och bölat.

– Vad skönt att du har henne, kan du inte hälsa det från mig?

Jonna hör honom framföra hälsningen, och hör att Sara mumlar ett tack. Hon känner inte Sara, de har inte umgåtts med familjerna på det sättet, men det känns skönt för Jonna att Stefan har någon som bryr sig om honom.

Och så börjar hon långsamt berätta. Om hur de satt där på en restaurang en kväll, då en av de andra gästerna hörde att de talade svenska. Efter en stund fick de veta att han själv hade varit på väg att flytta till Sverige, eftersom han träffat en tjej i Sundsvall.

– Morsan bodde ett tag i Sundsvall när hon var ung, och serverade på Knaust. Men det vet jag nästan ingenting om.

Nu har han ändå samlat ihop sig tillräckligt för att kunna säga hela meningar.

– Det var när han berättade att tjejen hette Anne-Marie, och att hon kom från Hudiksvall, som jag tänkte att det kanske var din mamma.

– Jaha, det tänkte du? Och tyckte att det var på tiden att stackars ensamma Anne-Marie i Glada Hudik skulle få träffa sin grekiska älskare, efter alla dessa år? Och rollen som kopplerska var ju ledig, eller hur?

– Nej, kopplerska har jag absolut inte tänkt vara, varifrån har du fått det? Jag har bara skrivit brev och förmedlat adresserna.

– Jaha??

– Och jag tror absolut inte att det kan bli något mellan dem igen. Han verkade alldeles för fäst vid sin grekiska familj.

Det blir tyst i luren igen.

– Du har förmedlat adresserna. Hur i hela fridens dagar tänkte du?

Nu låter han mer samlad. Samlad, och arg.

– Tänkte, jag tänkte nog inte alls. Det var bara det att han berättade så fint om mötet med Anne-Marie i Sundsvall, det var väldigt mycket värme i hans berättelse. Jag tänkte nog bara att de skulle bli glada, båda två. Om din mamma var rätt Anne-Marie, förstås. Fast det skulle jag nog tro.

– Det tror jag också, Jonna. Men nu är det så här: I hela mitt liv har jag trott att jag inte haft någon pappa. Eller rättare sagt, att han föll överbord och drunknade när jag fortfarande låg i mammas mage. Det är den berättelsen jag har fått så länge jag kan minnas. Kväll efter kväll, när jag gråtit över att jag inte har haft någon pappa, så har mamma berättat samma historia. Om och om igen. Och det har blivit den historia jag accepterat, den som jag vant mig vid att leva med.

– Det visste jag inte …

– Och nu spricker alltsammans. Morsan är helt knäckt. Hon tycker att hon har svikit mig, redan från första början, och kan inte förlåta sig själv.

– Du har inte vetat … ?

– Inte ett dyft. Inte mer än att morsan tyckte väldigt mycket om den som blev min farsa. Min farsa, som aldrig har funnits. Men som tydligen ändå finns nu!

Stefans röst blir allt tommare, tonlösare.

– Du Stefan, jag är hemskt ledsen om jag gjort dig illa, säger Jonna. Eller snarare om jag har gjort er illa. Det var absolut inte meningen.

– Gjort illa och gjort illa, det är väl inte det, säger Stefan. Det är bara att jag inte vet hur jag ska få ihop min livshistoria. Vem är den här farsan som jag aldrig har vetat om?

– Jag vet inte så mycket, säger Jonna dröjande. Han verkade ha jobbat till sjöss i hela sitt liv. Och så tror jag att han var intresserad av Sverige, och nordisk folktro, av någon anledning. Han pratade om nornorna.

– Nornorna?

– Ödesgudinnorna, Urd, Skuld och Verdandi. De spinner trådar, som avgör människornas öden.

– Sånt trams tror väl ingen på?

– Säg inte det. Många läser horoskop, vet du inte om det? Den här gubben var i alla fall väldigt trevlig att prata med, när vi träffade honom. Och han måste ha tyckt om din mamma, väldigt mycket.

– Och hon då? Hur tror du att hon ska ta det här? Hon som har gått ensam i alla år, och kanske väntat på att han ska höra av sig!

– Tror du att hon hör av sig till honom?

– Skulle knappast tro att hon vågar. Men gör inte hon det, så kanske jag gör det.

– Det tror jag att du behöver, Stefan. Tror du att du kommer att kunna förlåta mig?

– Det vet jag inte, det beror på hur det utvecklar sig.

– Jag kan förstå det. Men jag är väldigt glad över att du ringde, så jag fick en chans att berätta.

– Jag kände bara att jag måste. Men det var nog bra att jag ringde. Hälsa Andreas att han är gift med en väldigt fin människa. Även om hon inte alltid tänker sig för, när hon ställer till med någonting. Hej då!

– Hej då Stefan! Var rädd om dig!

Efter att samtalet kopplats ner blir Jonna länge sittande med den tysta luren i handen. Det är knappt hon hör när Andreas och ungarna kommer in i hallen med en regnvåt och yvigt svansviftande collie i släptåg.

Kapitel 6

Konfrontation

DET GÖR BARA SÅ FÖRTVIVLAT ONT i Anne-Marie. Hon har ont i hela kroppen. Hon vet inte nånstans där det inte värker … det skulle vara i tänderna då.

Hon har inte haft tandvärk på åratal. Men det skulle inte förvåna henne om det började göra ont där också.

Annars har hon ont precis överallt. Det är knappt att hon kan andas.

Varför lät hon Stefan växa upp i en lögn? Tvingade honom att tro på att han inte hade någon far i livet?

Och varför stannade hon inte hos Stavros mamma tills han kom hem? Eller berättade för henne – hon skulle nog ha blivit jätteglad!

Så enfaldigt! Stavros skulle vara den förste som fick veta att deras kärlek burit frukt. Därför kunde inte Anne-Marie berätta för hans mamma. Istället for hon hem till Sverige.

Det skulle inte gått att dölja graviditeten mycket längre.

Att hon mådde illa på morgnarna kunde hon skylla på att hon inte var van vid den grekiska maten. Men snart skulle rundningen synas.

Maten! Inte var det något fel med den!

Nej, hon mådde illa av helt andra orsaker.

Och nu kommer alltsammans tillbaka, i en stormflod …

Anne-Marie måste hejda sig i sina minnen och funderingar. Går ut i köket och sätter på en kanna kaffe. Hon tar också upp ett par bullar ur frysen och tinar i mikron.

Kaffe och bulle ute på balkongen. Sommarsolen ligger fortfarande på, det är riktigt skönt.

Men precis när hon satt sig och hällt upp kaffe, ringer telefonen. Hon har lagt ifrån sig den därinne på köksbänken, men hör den där hon sitter på balkongen.

Stefan.

Han vill att de ska träffas och prata. Bara de två, utan Sara och flickorna.

Hur ska hon klara det?

Förmodligen framstår hon som en mask som vrider sig på kroken, när de talar i telefon. Men han trycker henne bara ännu hårdare fast på hullingen.

Hon kan inte komma undan. Lika lite som daggmasken kan komma loss från metkroken.

Till slut går hon med på att de ska träffas. Åka ut någonstans. Han kommer och hämtar henne.

Stefan har kört upp på Köpmanberget, även fast Parkhyddan numera är helt stängd och låst. Borde det inte gå bra, att ha sommarrestaurang? Om inte annat borde det väl vara gott om turister, nu när det snart är midsommar?

De får väl luncha någon annanstans.

Utanför den stängda restaurangen hittar de en bänk. Solen har värmt bräderna. Det är faktiskt skönt att sitta här och bara blicka ut över vattnet.

Ingen av dem säger något. Det verkar som om de tävlar om vem som kan stirra mest stint på Kastellholmen, som ligger där precis nedanför deras fötter, mitt i hamninloppet.

Anne-Marie känner sig torr i munnen. Borde ha tagit med en vattenflaska.

Stefans fråga kommer obarmhärtigt. Rakt på sak. Det känns som ett piskrapp.

— Har du hört av dig till honom?

— Till vem?

– Gör dig inte dum nu. Du fattar mycket väl vem jag menar.

Hans irritation är inte att ta miste på.

– Jaså, du menar Stavros? Nej, faktiskt inte.

– Och varför inte det, om jag får fråga?

Mer behövs inte för att tårarna ska börja spruta. Som tur är det bara de två här, och så måsarna förstås. Och de skränar ännu värre.

– Stefan, det här är inte lätt, får hon fram mellan tårarna.

– Tror du det här är så lätt för mig då? Här har jag plötsligt fått en farsa som jag aldrig har vetat om! Och som jag inte vet ett dyft om. Och så hör du inte ens av dig till honom!

Anne-Marie tror aldrig Stefan har varit så besviken på henne. Inte ens när han gick på högstadiet och de skulle åka till Hassela på en friluftsdag. Han var den enda ungen i klassen som inte kunde följa med – hon hade helt enkelt inte råd till skidhyra och liftkort.

Den gången tog det nästan två veckor innan han började säga något mer än tvärhuggna enstaviga ord.

– Stefan, jag försöker skriva till honom. Jag gör det ena försöket efter det andra att börja på ett brev. Men det blir bara dumt. Så jag knycklar ihop brevpappret och slänger det.

– Du börjar på brev, som du sedan slänger. Och hur har du tänkt dig att han ska få veta att jag finns?

– Det blev så fel, Stefan. Då när du var på väg.

– Vad då fel? Ville du inte ha mig?

– Jo men älskade Stefan, det får du inte tvivla på en sekund. Det är det bästa jag har gjort i hela mitt liv, att jag bar dig och födde dig. Det var inte alls det som blev fel.

– Vad var det då?

– Jag var helt säker på att det skulle bli Stavros och jag. Och jag ville att han skulle få veta först av alla. Ja, att jag … nej, att vi … vi väntade barn.

– Jaha?

– Jag visste att jag inte skulle få fortsätta servera på Knaust, när magen skulle börja synas. Det fick man inte på den tiden. Så jag gick in till källarmästaren och sa upp mig. Hyresrummet sa jag också upp.

– Utan att ha något annat? Vare sig jobb eller bostad?

– Jag hade en slant på banken. Din morbror Arne, som du aldrig träffade, dog året innan, och jag fick ärva nästan nittiotusen. Det var rätt mycket pengar på den tiden.

– Så där stod du, utan jobb, utan bostad, gravid, och med nittiotusen på banken …?

– Inte riktigt nittiotusen, jag tror det var åttioåtta eller något liknande. Och så hade jag adressen till Stavros mamma. Han bodde fortfarande hemma hos henne när han var i land.

– Och?

– Jag åkte ner till Grekland och bodde hos Eleni som hon hette, medan jag väntade på att Stavros skulle komma hem. En jättemysig tant, vi kom fint överens, fast vi nästan inte förstod varandra. I två månader bodde jag hos henne. Och så skrev jag till Stavros, på rederiets adress, och bad honom komma hem, jag hade något viktigt att berätta.

– Kom han inte? Varför?

– Han kom så fort han fick brevet, du ska inte säga något om det. Rederiet hade skickat brevet till fartygets destinationshamn, som de brukade. Men när brevet kom dit, var båten redan på väg till nästa ställe. Och så eftersändes brevet vidare, jag vet inte hur många gånger …

– Jaha, men då kom han ju ändå?

– Ja, men innan han hann komma hem förstörde jag alltihop. En morgon hade jag svårt att knäppa igen jeansen, och då förstod jag att det inte skulle gå att hålla det hemligt längre. Så jag packade väskan och köpte en enkel biljett hem till Sverige.

– Utan att ha träffat honom?

– Efter två veckor i Sverige fick jag ett brev från Stavros. Det var eftersänt från hyresrummet i Sundsvall, jag vet inte hur ofta värden kollade posten. Stavros skrev att han måste ha missat mig med två dagar, och att hans mamma var jätteledsen över att jag rest hem.

– Men du kunde väl ha svarat på hans brev?

– Nej, då hade jag redan hunnit ställa till det. Så fort jag kom hem skrev jag ett långt brev, på min allra bästa engelska, och förklarade att jag hoppades att han skulle få ett bra liv, och att jag aldrig ville se honom mer. Det brevet hade jag redan skrivit och lagt på lådan, när jag fick hans brev.

Det kan inte hjälpas, hon gråter igen. Stefan försöker hålla om henne, men hon vrider sig loss.

Det går inte att trösta henne i det här. Det är hennes eget svek. Hennes svek mot sig själv.

Sveket mot Stefan får hon klara ut när hon gråtit färdigt.

Om hon någonsin blir färdig.

Hon försöker samla ihop sig och berätta. Det går sådär.

–Stefan, jag var sjutton år. En del viktiga beslut i livet kan vara för stora för en sjuttonåring. Åtminstone har jag tänkt så, efteråt. Många gånger.

– Historien om den drunknade sjömannen var faktiskt enklast av alltsammans, fortsätter hon. Den hittade jag på när jag satt på planet hem till Sverige. Den var enkel och praktisk, och det gick att leva med den.

– Fast den var lögn? säger Stefan.

– Lögn, helt klart. Men det var inte det som var svårt. Det svåra var att se brevet från Stavros på nattygsbordet varje kväll, och försöka låta bli att läsa det igen. Försöka låta bli att svara.

– Varför försökte du låta bli?

– Som sagt var, Stefan, jag var sjutton år. I den åldern vågar man inte erkänna för sig själv att man kanske har tagit fel beslut. I alla fall vågade inte jag det.

– Istället gjorde jag allt jag kunde för att rättfärdiga mitt beslut inför mig själv, fortsätter hon. Jag bestämde mig för att det inte skulle gå att leva med någon som kanske svarade på brev varannan månad – om nu inte postgången missat båten igen. Så brevet fick ligga där på nattygsbordet. Ända tills en morgon, när jag kände att tårarna tagit slut. Då eldade jag upp det.

– Och jag skulle aldrig få veta att jag hade en farsa?

Nu låter Stefan riktigt mörk i rösten.

– Nej, svarar Anne-Marie. Det kanske var fel, men … det hade nog blivit för krångligt för mig. Så jag stängde till om min hemlighet.

– Så att den också blev min hemlighet! Hur kunde du vara så feg?

– Ja, det var fegt av mig, det kan jag hålla med om. Men Stefan, jag var sjutton år. Sjutton år! Så ung! Kan du förlåta mig?

– Det känns som att du har bestulit mig på halva min uppväxt. Om jag kommer att kunna förlåta det här, det vet jag inte än.

Så hårt. Som ett knytnävsslag i veka livet. Men ändå så logiskt och rimligt, när hon funderar en stund på det.

– Jag kan inte begära att du ska kunna förlåta, Stefan. Men om jag kan göra något för dig, så gör jag det gärna.

– Kan du inte berätta något om honom? säger han efter en stund. Du kanske har några gamla bilder du kan visa, så jag får veta hur han ser ut? Eller åtminstone hur han såg ut den gången.

Nu börjar hon gråta igen.

– Jag har inga bilder, Stefan. Dem har jag också bränt. Men om du vill, kan jag försöka berätta om honom.

Men vad ska hon berätta? Hur han såg ut, med sina mörka lockar, sin välvda panna, de varma bruna ögonen och de seniga armarna – å, vad hon älskade de armarna! Den håriga bringan – nej, nu börjar det bli för intimt! Hon får ta något annat.

Långsamt börjar Anne-Marie berätta.

– Stavros kom från Kea, en av de kykladiska öarna i Egeiska havet, och hans mor var änka, börjar hon försiktigt. Hon hette Eleni. Jag tror det är den grekiska formen av Helena. Henne lärde jag ju också känna ganska väl när jag var hos henne, fast vi inte hade något gemensamt språk.

– Som sextonåring gick Stavros till sjöss, fortsätter hon. Så småningom arbetade han upp sig och gick sjöbefälsskola. Han jobbade på båtar som trafikerade alla möjliga hamnar runtom i världen.

Anne-Marie berättar också om vad de gjorde tillsammans, när han var i Sundsvall. Nej inte det intima förstås, det har inte Stefan med att göra. Men att de vandrade på Norra Stadsberget och hittade bergviolen, det är ett fint minne. Och att de åkte hem till hennes föräldrar i Hudiksvall och åt älgstek – han sa att han aldrig ätit något så gott.

– Men sen vet jag ingenting mer. Utöver det han skrev i brevet nu, förstås. Att han är gift med en kvinna som heter Sophia, och att de har tre barn och åtta barnbarn.

– Då har alltså Malin och Linda kusiner i Grekland? avbryter Stefan hennes berättelse. Tjejerna tycker det är himla orättvist att både Sara och jag är ensambarn, för de får aldrig några småkusiner, som deras kompisar. Du vet morsan, de är båda två i den där "alla andra får"-åldern.

Nu kan Anne-Marie i alla fall skymta ett leende i Stefans ansikte.

– Men allvarligt talat, morsan. Du har försökt skriva till Stavros, alltså min farsa, men du har knölat ihop brevpapret och slängt det.

– Ja, Stefan, flera gånger.

– Då säger jag så här: Om du klarar av att svälja stoltheten och skriva tillbaka till honom, det struntar jag i. Men oavsett om du fixar det eller inte, så ska jag skriva till honom.

– V-vi-vill du ha adressen? stammar Anne-Marie. Jag har den hemma …

– Det är lugnt, morsan. Jag har fått den av Jonna.

Kapitel 7

Brev till Stavros. Och den här gången fungerar postgången!

VASSILIS, BREVBÄRAREN SOM FÖRUTOM ATT BÄRA UT POSTEN till Korissia och de omgivande byarna också sköter den högst informella nyhetsförmedlingen i trakten, höjer på långt håll handen till hälsning.

– Για σου, Σταυρος! Hej på dig, Stavros! Nu har du brev från jag vet inte hur långt bort ifrån. S … V … E … de har så konstiga bokstäver utomlands. Kan det vara Schweiz?

– Det borde väl du veta som jobbar på posten, Vassilis. Det står Helvetia på schweiziska frimärken. Om det har något med helvetet att göra vet jag inte.

– Du vet väldigt mycket, du Stavros. Du som har varit överallt i hela världen.

– Schweiz är faktiskt ett av de länder som jag aldrig seglat till, förklarar Stavros. Det ligger långt från havet.

– Fast det ser ut som om du har fått brev därifrån, säger Vassilis. Två stycken! Är det inte spännande?

– Får jag se, om nu breven är till mig?

Lite motvilligt räcker Vassilis honom breven.

– Nu ska vi se. Här står det ju tydligt och klart Sverige. Alltså Σουηδια.

Vassilis förväntar sig att Stavros ska öppna åtminstone något av breven, innan han går vidare på sin runda. Det är han som sköter djungeltelegraf och skvallerpress, inte bara här i Korissia, utan också i byarna runtomkring.

Men något säger Stavros att han den här gången måste göra brevbäraren besviken.

Ευχαριστω πολυ, tack så mycket, Vassilis, säger Stavros och stoppar breven i kavajfickan, innan han går in till Sophia.

– Vet du vad, Sophia! Nu har jag fått brev från Sverige igen! ropar han, nästan innan han hunnit stänga dörren.

– Nej, vad säger du? Är det från den där tjejen, hon som kände din Ana Maria?

– Jag vet inte. Det är två brev … men det är inte samma handstil på kuverten.

– Då kanske det rentav är Ana Maria som hör av sig efter alla år, säger Sophia retsamt. Jag kanske måste passa mig – hon kanske tänker komma och röva bort min Stavros?

Stavros måste skratta. Precis som han gjort alla andra gånger, när hon kommit med liknande antydningar.

– Du behöver inte oroa dig, Sophia. Jag låter mig inte rövas bort så lätt. Och jag tänker aldrig byta ut dig, inte för allt guld i världen!

– Nå, då så, ler Sophia. Sätt dig nu och läs breven i lugn och ro. Jag kokar kaffe, så får vi dricka om en stund.

Handstilen på det ena kuvertet ser lite bekant ut. Kan det verkligen vara …??

Han vågar inte. Måste tänka på sitt hjärta. Han börjar med det andra brevet, där han inte alls känner igen handstilen.

Bollnäs 28 juni

Kära Stavros!

Det här är nog det konstigaste brev jag någonsin skrivit. Och det är kanske också det konstigaste brev som du någonsin fått.

Ändå måste jag skriva det. Och jag hoppas att du ska ta emot det på rätt sätt.

Du vet inte vem jag är. Du har inte ens fått veta att jag finns.

Och jag vet inte vem du är. Det är bara några veckor sedan jag fick veta att du finns.

Hela mitt liv har jag trott att min pappa var en utländsk sjöman, som föll överbord och drunknade, när jag fortfarande låg i min mammas mage.

*Men så fick mamma en dag ett brev från min gamla klasskamrat Jonna,
som hade varit i Grekland med sin man. På en restaurang hade de träffat en
man, som berättade om att han i sin ungdom varit kär i en flicka från Sunds-
vall.*

*För att göra en lång historia kort: Den flickan hette Anne-Marie, och det
gör hon fortfarande. Och hon är min mor.*

Det har jag alltid vetat. Men jag har aldrig vetat något om min far.

*Inte förrän nu, när min mamma har vågat berätta att den där historien om
den drunknade sjömannen varit lögn från första början.*

Nu har hon berättat om vem som verkligen är min far.

Den mannen är du, Stavros. Ingen annan.

*Jag vill inte förstöra något för dig, inte stöka till i ditt liv. Jag hoppas att du
ska bli glad över att få veta att jag finns, och att du ska vilja lära känna mig
och ta reda på vem jag är.*

Men jag kan inte begära det.

*För min egen del skulle jag gärna vilja lära känna dig och ta reda på vem
du är, och hur du har det i ditt liv. Jag vet att du är gift och har tre barn och
åtta barnbarn.*

*Det betyder att jag har syskon, som jag inte har vetat om. Och att mina
döttrar, Linda och Malin, har kusiner i Grekland.*

*Det skulle vara väldigt roligt att få lära känna dem. Inte bara för mig, utan
också för min fru Sara och för våra barn.*

*Jag blev väldigt glad över brevet som du skrev till min mamma Anne-Marie.
Även om det tog rätt många dagar innan hon vågade visa mig det. Jag hoppas
att du också ska vilja skriva till mig.*

*Men jag vet att jag inte kan begära det. Om du inte vill ha kontakt med
mig, får jag stå ut med det. Jag hoppas bara att du ska ha ett så bra liv som
någonsin är möjligt.*

Din son Stefan

Stavros förstår vad det står i brevet, men begriper inte ett dugg. Eller
om det är tvärtom, att han begriper men inte fattar. Kanske han
borde slå upp i lexikon, en del av de engelska orden är han lite osäker

på – trots alla åren till sjöss. Han känner sig alldeles vimmelkantig, och han känner hur hjärtat bultar i bröstet. Men han vet var han har nitroglycerintabletterna, om kärlkrampen skulle slå till.

Han öppnar det andra brevet också. Värre än så här kan det knappast bli.

Hudiksvall 29 juni

Käre Stavros!

Tack för ditt fina brev, som jag fick för en tid sedan. Jag har läst det hur många gånger som helst, flera gånger varje dag.

Och jag har gråtit floder.

Hur kunde jag göra så fel?

När jag blev med barn, lovade jag mig själv att du skulle vara den förste att få veta det. Och det löftet har jag hållit i alla år. Ända tills helt nyligen.

Jag slutade jobba på Knaust och åkte ner till Grekland. I två månader bodde jag hos din mamma. Varje dag väntade jag på att du skulle komma hem, eller åtminstone höra av dig.

Men veckorna gick, och när du inte kom, åkte jag hem. Jag ville inte säga något till din mamma, utan jag ville att du skulle få vara den som berättade för henne. Så jag åkte hem medan jag fortfarande kunde knäppa ihop jeansen – även om det var nätt och jämnt mot slutet.

Och så har åren gått. Min son har alltid fått höra att han inte har någon pappa, eftersom hans pappa föll överbord och drunknade. En historia som jag hittade på för att göra det bekvämt för mig.

Men nu har jag brutit mitt löfte.

Ditt brev har fått mig att berätta alltsammans för Stefan, som vår son alltså heter. Och inte bara för honom, utan också för hans fru Sara, och deras döttrar Malin och Linda.

Förlåt, Stavros! Du blev inte först att få veta att vi skulle ha barn. Du blev bara, nu måste jag räkna ... nummer fem att nås av nyheten.

Om nu en nyhet längre är en nyhet, efter fyrtiotre år?

Jag har försökt svara på ditt brev, flera gånger, men det har varit svårt. Nu vet jag att Stefan kommer att skriva till dig. Han har fått adressen av Jonna, flickan som du träffade i våras. De gick i skolan tillsammans.

Hoppas Stefan och du får kontakt, och att ni kommer att tycka om varandra. Jag hoppas att Sophia också kommer att tycka om honom. Stefan är ganska lik dig, på många sätt. Men hur mycket Sophia än kommer att tycka om honom, så är och förblir jag hans mamma, så länge jag lever.

Varma hälsningar
Anne-Marie, som var din en gång

— Sophia! ropar Stavros.

— Du får vänta lite, kaffet har inte kokat upp än, svarar hon därute i köket.

— Var har vi engelska ordboken? Jag förstår inte det här. Det verkar som om … nej, jag begriper ingenting.

— Vänta, sa jag! Kaffet kokar upp alldeles strax, säger Sophia skarpt.

När Sophia kokar kaffe, gör hon det på det riktiga sättet, det grekiska. Precis när kaffet kokar upp lyfter hon det från plattan och låter det lugna sig. Sedan sätter hon tillbaka kaffekokaren på plattan, tills det bubblar upp igen. Fyra gånger ska det komma i sjudning. Sedan häller hon upp det direkt i koppen utan att låta det sjunka.

Utlänningar har ofta svårt för det här. De tycker de får munnen full med kaffesump. Men godare kaffe finns inte.

Nu kommer Sophia med två rykande koppar och slår sig ner i den andra fåtöljen, mitt emot Stavros.

— Vad var det du frågade om? säger hon när hon satt sig.

Kaffet sjunker i kopparna.

— Sophia, säger Stavros. Jag behöver kontrollera med ordboken, så jag förstått brevet rätt. Men det verkar som om jag har fått en son.

— Du har vadå, sa du?

– Fått en son, sa jag ju. Om jag nu har förstått riktigt. Var har vi ordboken?

– Den står i bokhyllan som vanligt. Men jag kan se efter om jag förstår. Får jag läsa?

Stavros räcker henne breven.

Hon ögnar snabbt igenom Stefans brev. Sedan börjar hon om från början, men den här gången läser hon högt.

Orden blir liksom starkare, när Stavros hör Sophia läsa. Och han blir mer och mer övertygad om att han förstått rätt.

Sedan fortsätter Sophia med brevet från Anne-Marie, på samma sätt.

Hon tittar upp på honom, med en retsam min.

– Är det inte det jag alltid har sagt? säger hon. Du skulle ha stannat hos den där Ana Maria i Sundsvall!

– Och missat chansen att få leva med dig?? svarar Stavros, som han gjort så många gånger förr. Nej, så grymt får inte livet vara!

– Jag undrar jag … Det är nog bäst att jag passar mig, så jag inte blir brädad nu. Du har ju barn med henne och allting!

Hon försöker se orolig ut, men lyckas inte särskilt bra.

– Hittills har jag aldrig ångrat att jag gifte mig med dig, Sophia, säger Stavros och ser henne i ögonen. Och jag tror inte att jag heller kommer att ångra det. Aldrig någonsin.

– Nej, du skulle bara våga! Men hur blir det nu?

– Inte vet jag. Men vad jag förstår, har jag inte tre barn längre, utan fyra. Och jag har inte åtta barnbarn, utan tio.

– Medan jag bara ska ha tre barn och åtta barnbarn? Är inte det lite orättvist, tycker du?

– Kanske, det får jag fundera på. Men det här måste firas. Sätt på dig något fint, så går vi på tavernan!

Kapitel 8

Att resa eller inte resa, det är frågan ...

DEN HEMLIGA TUREN är en av Anne-Maries höjdpunkter under
året. Ingen annan får veta vart hon tar vägen – utom Stefan förstås,
hon har en gång för många år sedan visat honom var hon har sina
hjortronställen. Ställena som hennes far en gång i tiden mot strängt
tysthetslöfte visade henne. Samma tysthetslöfte som hon i sin tur
avkrävt Stefan.

– Vi ska inte ljuga, förklarade hon den gången. Visst kan vi tala
om var vi har plockat hjortronen. Men det räcker med att säga att vi
har plockat dem i Bjuråker.

– Bjuråker, det är väl stort det?

Stefans invändning var exakt densamma som hennes egen en
gång i tiden.

– Ja, Bjuråkers socken är lika stor som en fjärdedel av Gotland,
om du tittar på kartan.

– Men om någon vill veta mer precis, då?

– Säg då att du inte vet så noga, men att det låg björnspillning
alldeles intill.

Såvitt Anne-Marie vet har Stefan hållit tysthetslöftet. Den undan-
skymda myren lyste rödgul av mogna bär, när hon kom dit för några
timmar sedan. Ingen annan hade varit där. Det tog inte lång stund

att fylla två hinkar, och det hon lämnade kvar måste vara tillräckligt, om Stefan tänkte ta en tur till helgen.

Nu lyfter hon ut de bräddfulla hinkarna ur bilen. Det blir fint att sätta sig på balkongen i solskenet och rensa bären.

Hon låser upp dörren till lägenheten. På hallmattan ligger den vanliga reklamen. Hon plockar upp den. Oj, det ligger ett brev bland reklambladen!

Ett brev med grekiska frimärken.

Hon måste sätta sig i köket. Bärhinkarna får vänta.

Korissia, Kea 19 juli

Kara Anne-Marie!
Tack for ditt brev! Det var ovantade nyheter. Menar du verkligen att jag har en son i Sverige?

Jag har svart att vaga tro det. Och anda ar det nog det jag har hoppats, i alla ar. Att du och jag har barn tillsammans.

Brev har kommit fran Stefan ocksa. Jag behover inte tvivla langre, han finns. Jag langtar efter att fa traffa honom. Och dig med, forstas.

Men Sophia vill inte jag reser till Sverige. Hon ar radd att mitt hjarta inte klarar resan. Jag ar gammal och har haft tre infarkter.

Kan du och Stefan komma hit? Ni kan bo hos oss. Vi har tva hus, och gasthuset hyr vi ut till turister, dar far ni plats.

Snalla Anne-Marie! Jag vill sa garna traffa dig och var son, innan jag dor.

Hoppas du kan forsta det jag skriver. Jag ar inte bra att skriva engelska spraket, men Sophia har hjalpt mig. Hon kan battre engelska.
Tusen kramar fran din alskare for langesen
Σταυρο ς

Anne-Marie får läsa brevet två gånger, innan hon får allt på plats. Ö-prickar och å-ringar finns ju varken på engelska eller grekiska, så hon måste tänka efter hela tiden vad orden kan betyda.

Visst ja, bären!

Hon lyfter ut hinkarna på balkongen och hämtar plastburkar och ett durkslag. De mogna bären befriar hon bara från sina skrumpnande kronblad, innan hon lägger dem i burkar för att frysas in som de är. De bär som fortfarande är halvmogna lägger hon i durkslaget för att skölja av dem, innan hon kokar sylt.

Hjortronsylt.

Bättre finns inte, när man äter våfflor. Och den duger ganska bra till glass också.

Medan Anne-Marie tar upp sina plockade bär ett och ett ur hinken och noggrant granskar dem, funderar hon över brevet från Stavros.

Att han blivit glad över nyheten om Stefan är inte att ta miste på. Han vill träffa dem, båda två, och tydligen så snart som möjligt.

Men hans fru verkar vara orolig för att hans hjärta inte ska klara resan till Sverige. Har han blivit så gammal och skröplig?

Den första plastburken har blivit full med mogna hjortron. Hon trycker dit locket och går in för att lägga in den i frysen.

Anne-Marie funderar lite till, innan hon sätter sig på balkongen och fortsätter rensningen.

Sophia verkar i alla fall mån om att Stavros ska få träffa sin son. Hon har hjälpt honom att skriva brevet, och verkar beredd att ta emot dem och låta dem bo i gästhuset.

Men kan man verkligen göra på det viset? Bara dyka upp så där och flytta in hos sin gamle älskare och hans fru? Även om det är på hans inbjudan, och att bo i gästhuset?

Å andra sidan ... när hon tänker på det, har hon ju faktiskt hindrat Stavros och Stefan från att få veta om varandra. I fyrtiotre år! Vilken rätt har hon att fortsätta hindra dem från att ha kontakt?

Och Stavros som tydligen är gammal och hjärtsjuk ... vem vet hur långt han kan ha kvar?

Det blir för svårt. Anne-Marie klarar inte av att få ordning på tankarna, de bara snurrar runt i huvudet. Hon fortsätter att ta hand om bären, där verkar gränsen för hennes kapacitet gå just nu.

Hon tittar på klockan. Det är fortfarande flera timmar till dess att Stefan slutar jobbet.

Men sedan måste hon ringa honom, det känner hon starkt.

Stefan svarar på första signalen.

– Har det hänt något?

– Nej, egentligen inte, säger Anne-Marie. Inte mer än att jag har varit ute och plockat hjortron. På vårt vanliga hemliga ställe, du vet.

– Hoppas du fick en fin tur! Blev det kvar några bär till oss?

– Ja, om ingen annan hittar stället, kan ni nog plocka minst lika mycket som jag fick med mig. Två fulla hinkar!

– Det låter fint, vi tar nog en tur till helgen. Åtminstone Sara och jag.

– Flickorna får ni inte med er ut i skogen?

– Nej, suckar Stefan. Det är sällan de vill följa med.

– Varför inte det?

– Jag fattar det inte – vi var ju ute med dem jämt, när de var små. De älskade att fika ute, grilla korv och så. Men nu kommer det inte särskilt högt på önskelistan.

– Kanske de ändrar sig, när de blir lite vuxnare? Åtminstone om ni inte tjatar för mycket, föreslår Anne-Marie.

– De får väl sitta hemma och ha tråkigt. Men är det fint väder ska då Sara och jag ut på myren, det är ett som är säkert!

– Det låter bra. Och så ser ni till att njuta ordentligt!

– Visst ska vi det. Men var det därför du ringde?

– Nej, inte bara. När jag kom hem med hjortronen hade det kommit brev. Från din pappa.

– Har han skrivit till dig igen?

– Ja. Han tänker skriva till dig också, men han har lite svårt att veta hur han ska skriva.

– Vad då svårt? Jag skrev till honom, ska det vara så besvärligt att svara?

Anne-Marie hör en svag irritation i sonens röst.

– Det var jättebra att du skrev, skyndar hon sig att förklara. Han har haft svårt att fatta att du överhuvudtaget finns, men när han läste ditt brev trillade ändå polletten ner.

– Vad skriver han?

– Han blev jätteglad över att få veta att han har en son, att han och jag har barn tillsammans. Och han vill gärna träffa oss.

– Jaha du. Så när kommer han hit? Och vad säger hans fru om det?

– Jag tror knappast han kan komma. Hans fru verkar angelägen om att han ska få träffa dig. Men hon tror inte att han kommer att klara resan till Sverige.

– Varför det?

– Han är gammal och har haft tre infarkter. Men han vill att du och jag kommer dit.

– Till Grekland?

– Ja. Stavros och hans fru bor i Korissia på Kea, men barnen och deras familjer bor i Athen.

– Var ligger Kea? undrar Stefan.

– Det är en av de kykladiska öarna. Man tar färjan från Lavrio, en av Athens tre hamnstäder.

Det blir tyst i luren. En halv minut minst.

– Det här var mycket på en gång, morsan, säger Stefan långsamt. Jag vet inte om jag vill.

Anne-Marie suckar.

Jag vet egentligen inte om jag vill, jag heller, säger hon. Du har rätt, det är mycket på en gång.

På natten drömmer Anne-Marie om Eleni, Stavros mamma. Den lilla klotrunda svartklädda gumman som skrattade med hela ansiktet, hon med de varma glittrande ögonen.

I drömmen är Anne-Marie kvar hos Eleni på Kea. Men de förstår varandras språk utan några som helst problem. Eleni kokar starkt grekiskt kaffe, som hon häller upp i de små kopparna.

Eleni tar också fram flaskan med mandellikör, innan hon hejdar sig.

*– Nej, just nej, du bör nog inte dricka alkohol nu, säger hon. Istället sätter
hon fram ett fat med söta småkakor.*

Vet hon?

– Så klart jag vet, säger Eleni. Jag har vetat ända sen du kom hit.

– Men hur kan du veta …??

*– Inte vet jag hur livet fungerar där uppe i norr, i landet som du kommer
ifrån. Det är kanske annorlunda. Men vi grekiska kvinnor, vi vet sådant. Jag
visste det på en gång du kom med färjan och gick ned för landgången.*

– Ändå syns väl ingenting än?

*– Nejdå, du har fortfarande din fina slanka linje. Men snart ser hela världen
att du är gravid. Och jag ser att det är Stavros barn du bär. Jag ska bli farmor!*

Och så ler Eleni, med hela ansiktet.

*Drömmen hinner knappt blekna bort, innan Anne-Marie vaknar. Klock-
radions röda digitalsiffror visar 03.43.*

Två dagar senare ringer Stefan.

– Hej morsan! Nu har jag bokat biljetter.

Anne-Marie blir förvirrad.

– Biljetter? Ska ni på konsert? säger hon.

– Nej, det är inga konsertbiljetter. Jag har bokat flygbiljetter. För
dig och mig. Vi åker till Athen om tre veckor.

– Men vad säger du, är det så klokt?

– Jodå, morsan. Stefan låter riktigt stadig på rösten. Det här är
inga galenskaper. Jag har kommit fram till att jag måste göra den här
resan. Och jag vill att du följer med.

Knäna börjar darra. Hon måste sätta sig i soffan.

– Du har alltså bokat flygbiljetter till Athen. Vad säger Sara om
det?

– Det är hon som har fått mig att förstå att jag behöver åka ner
och träffa min farsa. Det blir inte länge, mina semesterdagar var
nästan slut när jag kollade. Hoppas du kan ta ledigt?

Vad stod det på senaste lönespecifikationen? Sparade semester-
dagar … var det tjugotre?

De dagarna som hon tänkt ha för att få ledigt några veckor innan pensioneringen.

– Semesterdagar har jag nog kvar så det räcker. Men jag vet inte om det går att ordna vikarie så nära inpå, säger Anne-Marie tvekande.

– Det är väl ändå inte ditt problem, säger Stefan med en viss skärpa. Men frågan är om du vill eller inte?

Vill eller inte. Snarare vågar eller inte.

Hon begriper att hon inte kan bli sittande tyst i luren hur länge som helst, hon måste säga något.

– Kan jag ringa dig om en stund? När hade du bokat biljetter, sa du?

Hon får tiderna och antecknar dem, innan de säger hejdå.

Stefan har tydligen bestämt sig för att åka ner och träffa Stavros. Och han vill att hon följer med.

Vill hon?

Nej.

Eller?

Vågar hon?

Nej. Det känner hon i varje fiber av kroppen.

Hon blir alldeles torr i munnen. Måste gå ut i köket och ta ett glas vatten.

Kan hon inte bara ringa tillbaka till Stefan och säga att hon inte kan få ledigt de där dagarna?

Men hur kommer hon i så fall att kunna möta sin egen blick i spegeln? Har hon inte svikit tillräckligt? Svikit dem båda två, både Stavros och Stefan?

Anne-Marie funderar en lång stund.

Sedan ringer hon Eva, hemtjänstledaren.

– Nej, det går ju inte, säger Eva när Anne-Marie förklarat sitt ärende. Du kan inte komma och be om ledigt mitt i semesterperioden.

– Jamen, jag har ju hur många sparade semesterdagar som helst, invänder Anne-Marie. Jag måste ha ledigt nu, det är viktigt.

– Semestrarna är lagda, och jag fick kämpa som ett djur för att få schemaraderna att gå ihop. Det är jättesvårt att hitta vikarier som man kan lita på.

Anne-Marie suckar. Eva har rätt, det vet hon. Genom åren har hon sett alldeles för många slarvmajor av båda könen, sådana som använder arbetstiden huvudsakligen till att knappa på sina mobiltelefoner och som är genuint ointresserade av hur hjälpmottagarna har det.

Hon är på väg att ge upp. Men så hör hon Stefans ord eka i huvudet. Vikariefrågan är faktiskt inte hennes problem, det har han rätt i.

– Jag vet, Eva. Det är inte lätt att få tag i vettigt folk. Men det är ändå ditt problem, inte mitt. Och jag har ställt upp för dig så många gånger, jobbat dubbla skift för att du ska få ihop schemaraderna. Nu får du ställa upp för mig. Det här är viktigt.

Anne-Marie blir överraskad över sig själv. Varifrån fick hon den här pondusen och självrespekten?

– Ja, jag får väl försöka ordna det på något vis, suckar Eva. Om det nu är så viktigt. Jag får väl gå in själv, om inte annat. Skriv en semesteransökan.

– Tack, säger Anne-Marie, och lyckas på något märkligt vis undvika att drabbas av dåligt samvete. Hon säger hejdå, kopplar ned samtalet och ringer tillbaka till Stefan.

– Jag följer med. Du behöver inte hämta mig, jag tar tåget till Arlanda, så ses vi där.

Kapitel 9

Återseendet

SÅ SNART HON KOMMIT UPP MED HISSEN och mot uppvisande av tågbiljetten blivit insläppt genom spärren ser hon Stefan. Han ser spänd ut, där han står vid incheckningsautomaterna i Sky City och kramar handtaget till sin kabinväska. Och varför skulle han inte vara nervös?

Anne-Marie har själv knappt kunnat sova de senaste nätterna. Kanske får hon slumra en stund på planet.

Hon möter hans blick på långt håll. Han har nästan samma blick som Stavros. En hastig kram, innan han knappar in bokningsreferensen, försäkrar att de inte har med sig farligt gods och får ut boardingkorten. Något bagage att checka in har de inte, kabinväskan räcker gott och väl för den packning man behöver för fyra dagar.

– Vi kanske borde ha köpt med oss någonting? säger Anne-Marie.

Stefan ser förvirrad ut.

– Jag menar, när vi kommer och hälsar på så här? Borde man inte ha med sig något när man kommer?

Han skrattar till, lite nervöst.

– Jag vet inte om det finns några etikettsregler för såna här besök, säger han. Förmodligen har inte ens Magdalena Ribbing kommit på idén att skriva om det. Men vi kan väl se om vi hittar något.

De går till souvenirbutiken mitt emot incheckningsautomaterna. Utbudet är minst sagt överväldigande. Renskinn, Orreforsvaser och Swarowski-figuriner trängs med nyckelringar och kylskåpsmagneter.

Till slut enas de om en dalahäst i en av de större storlekarna. Anne-Marie funderar också över något ätbart, en burk hjortronsylt? Men hon ångrar sig när hon ser prislappen.

– Synd att jag inte tänkte på det, jag hade ju kunnat ta med en av mina egna burkar, säger hon.

– Det hade väl i så fall jag också kunnat göra, svarar Stefan. Vi hade med oss fyra hinkar när vi kom hem från myren. Plockade du alls någonting själv?

– Jodå, jag har så jag klarar mig. Även om jag skulle få oväntat besök, ler hon.

Det är mycket hon skulle vilja säga till Stefan, när de klivit ombord, hittat sina säten och spänt fast säkerhetsbältena. Men hon har svårt att få fram orden. Han verkar inte heller vara pratsugen, han sitter och bläddrar förstrött i det glättade magasinet från stolsfickan. Hon lutar sig tillbaka och sluter ögonen. Först när landningsställen fälls ut vaknar hon. Några korta sekunder senare landar planet på Athens flygplats Eleftherios Venizelos.

Den här ankomsthallen känner hon inte igen. Förra gången hon var i Grekland hette flygplatsen Ellinikos International Airport.

De kostar på sig en taxi till hamnstaden Lavrio och hinner precis med kvällsfärjan till Kea. I båtens cafeteria köper de piroger och kaffe.

Genom smutsiga fönster skymtar en låg långsträckt ö på babords sida. De ser några mörka byggnader, men inga tecken till pågående mänskliga aktiviteter.

– Vad är det där för ö? undrar Stefan.

– Det är Makronisos, säger Anne-Marie. Ön är numera nästan obebodd. Men där har myndigheterna internerat politiska fångar. Under militärjuntans tid på 70-talet var ön ett koncentrationsläger, där tortyr och avrättningar var vanliga. En som satt där var Mikis Theodorakis, kompositören och visdiktaren. Men han klarade sig undan att bli dödad.

– Det ser kusligt ut med de där mörka husen.

– Usch ja, man riktigt ryser.

Båten rundar öns sydspets, och snart ligger Kea framför dem.

– Jag har skrivit och talat om när vi kommer, säger Stefan. Undrar om han kommer och möter?

Annars kanske jag hittar till huset, säger Anne-Marie. Som jag förstår det, har han tagit över föräldrahemmet. Det var där jag bodde med hans mamma.

Hennes mage blir orolig. Hon måste göra sig en vända ut på toaletten, även om lukten där är direkt oaptitlig. Tvål saknas vid handfaten, men som tur är har hon kvar en pytteliten flaska handsprit, så liten att hon fått med sig den genom säkerhetskontrollen.

De närmar sig Kea. Hon känner igen de branta sluttningarna och den gamla fabriksskorstenen i hamnstaden Korissia. Innan färjan lägger till gör den en helomvändning och backar in mot kajen.

Massor av människor har samlats. Hon spanar ivrigt. Ska hon känna igen Stavros, efter alla dessa år?

Tydligen inte, inser hon efter några minuter. Ingen av de grekiska männen på kajen stämmer in med hennes minnesbild av Stefans far. Har han missat att gå ned och möta dem?

– Hallo, säger en mjuk altstämma. Are you possibly … Ana Maria – from Sweden?

Anne-Marie vänder sig om och får syn på en kvinna med gråsprängt hår, klädd i en vit byxdress.

– Yes, bekräftar hon. My name is Anne-Marie. And you are?

– I am Sophia, säger kvinnan och räcker fram handen. And you must be Stefanos, fortsätter hon och ler mot Stefan.

– Stavros ville gärna komma ner själv och möta er, fortsätter Sophia. Men hans hjärta är inte så starkt längre. Jag blev orolig för att han inte skulle klara promenaden, så jag bad honom stanna hemma. Men han har verkligen väntat på er. Jag har inte sett honom så här glad på väldigt länge!

Huset ligger där Anne-Marie minns det. Och redan på långt håll känns en omisskännlig doft av grillat lamm.

Stavros står vid grillen, med ryggen emot dem. Men han vänder sig om när han hör grinden öppnas.

Den blicken ...

Samma blick som han mötte henne med, när han betalade notan på Knaust.

En blick väldigt lik Stefans!

De står en lång stund och bara tittar på varandra. Stavros blick vandrar från den ena till den andra. Han tittar länge på Anne-Marie, sedan på Stefan, igen på Anne-Marie, och så på Stefan igen.

Det blir Sophia som bryter tystnaden.

– Men ska ni inte hälsa på varandra? säger hon. Stefanos, tillåt mig presentera, här är din pappa Stavros. Och Stavros, här är din son Stefanos.

Stefan, som osäkert räcker fram högerhanden. Men Stavros föser undan den och hälsar sonen med stor kram och kindpuss.

Sedan storgråter de, alla tre. Stefan och hans båda biologiska föräldrar. Tårarna sprutar. Det är bara Sophia som är någorlunda oberörd. Hon vänder köttbitarna på grillen, kontrollerar dukningen och går in och hämtar en skål med tsatsiki och en karaff rött vin.

Anne-Marie kan inte hjälpa det. Kan hon verkligen vara välkommen här? Hon känner sig en smula obekväm i Sophias närvaro.

Sophia märker att Anne-Marie sneglar på henne. Hon lägger sin hand på Anne-Maries underarm.

– Du ska veta att jag är väldigt glad över att ni är här, säger hon mjukt. Det betyder så mycket för Stavros, så du kan aldrig ana.

– M-m-men ... stammar Anne-Marie.

– Vi kan prata sen, du och jag, säger Sophia. Men just nu behöver Stavros och Stefanos få mötas, som de aldrig har gjort. Jag hoppas bara att de hittar varandra. Att de känner att de hör ihop, och att de kan rå om varandra.

Anne-Marie och Sophia blir stående och betraktar de båda männen. En gammal och en medelålders, men båda två med samma grekiska profil, omfamnande varandra, båda störtgråtande.

– Nej, nu äter vi, säger Sophia och klappar i händerna. Är ni inte hungriga? Efter maten kan jag visa er, Stefanos och Ana Maria, var ni ska bo.

De sitter länge vid middagsbordet, i ett hörn av trädgården. När vinet tar slut i karaffen går Sophia in och hämtar mer. Mörkret sänker sig, och cikadorna konserterar därute.

Det blir sent, innan Anne-Marie och Stefan går och lägger sig i gästhuset. Hon hinner knappt lägga huvudet på kudden, innan hon hör Stefans snarkningar från rummet intill.

Tankarna far runt i huvudet. Det tar en god stund att somna.

Kapitel 10

Ett och annat börjar falla på plats

NÄR ANNE-MARIE VAKNAR NÄSTA MORGON, hörs inga snarkningar. Hon kan bara höra en tupp som verkar gå på repeat hela tiden. Klockan är sju.

En stund ligger hon kvar i sängen. Så kliver hon upp, drar på sig morgonrocken och tassar in i boningshuset.

Där hittar hon Stavros och Stefan i vardagsrumssoffan, helt försjunkna i ett fotoalbum. De märker inte ens att hon går förbi.

I köket har Sophia kokat kaffe. Hon häller upp en kopp åt Anne-Marie, och plockar också fram en koulori, den sesamgarnerade kringlan, och en burk aprikosmarmelad. En deg står också på jäsning. Men middagsdisken från igår tornar upp sig på diskbänken.

– Kan jag hjälpa dig? frågar Anne-Marie.

– Ja tack, svarar Sophia. Men drick kaffe först. Har du kunnat sova?

– Jag har sovit jätteskönt, när jag väl somnade. Jag märkte inte ens att Stefan gick upp.

– Stavros var ute och väckte honom. Han har plockat fram sina gamla fotoalbum. De har nog en hel del att prata om. Nu tappar jag upp diskvatten, vill du torka?

Anne-Marie sätter ifrån sig kaffekoppen och tar tacksamt emot diskhandduken. De båda kvinnorna arbetar en stund under tystnad.

– Precis här stod vi och diskade, Eleni och jag, säger Anne-Marie plötsligt.

– Så fint att du träffade henne, säger Sophia. Det var lätt att tycka om henne. Jag saknar henne fortfarande.

– Är det längesen som hon …?

– Få se nu, det är nog åtta år sen hon gick bort. Hon bodde kvar här hemma ända till slutet.

– Ni bodde alltså här under samma tak, tre generationer? Hur klarade ni av det?

– Till och med fyra generationer, när våra barnbarn kom, småler Sophia. Ja, du har rätt, det var inte alltid så lätt. Hon hade ju sina idéer om hur ett hushåll borde skötas. Och så länge Stavros var till sjöss kunde jag ju låta henne få styra och ställa som hon ville, det gjorde ingenting.

Anne-Marie blir tyst. Hur skulle hon ha klarat att bo här, med en svärmor som var jordens gulligaste men som var den som skulle bestämma?

– Vet du, ibland pratade hon om dig, säger Sophia. Den där blonda trevliga flickan, som Stavros hade träffat någonstans långt uppe i norr. Jag tror hon tyckte väldigt mycket om dig.

– Jag tyckte om henne, jag också, säger Anne-Marie långsamt.

De fortsätter att arbeta sig igenom disktravarna. Sophia visar var hon ska ställa in porslinet i skåpen. Ordningen är inte riktigt densamma som på Elenis tid.

– Nej, litegrann har jag ändå efter alla de här åren kunnat ändra på, säger Sophia, som märker hennes förvirring. Men nu tycker jag vi går ut!

De passerar vardagsrummet, där Stavros fortfarande är intensivt upptagen med att visa bilder och berätta för sin son om sina resor på de sju haven.

– Jag märker att du undrar, säger Sophia när de sitter i skuggan under platanen. Du tycker kanske att det är konstigt, att inte jag blir svartsjuk när du dyker upp här.

Anne-Marie rycker till.

– Svartsjuk? Ja, du kanske har rätt.

– Vet du, under alla åren med Stavros har jag känt på mig det här. Vi har haft det bra tillsammans i alla år. Jag älskar honom, och jag är helt övertygad om att han älskar mig. Men det är som om det fattats något för honom.

– Vad menar du? Har inte du räckt till för honom, har han haft andra kvinnor?

– Nej, det tror jag absolut inte. Men jag har haft känslan att, hur ska jag säga, en del av hans hjärta har hört hemma i ett annat liv. Ett liv där inte jag har hört hemma.

– Du menar …?

– Om du förstår … Ett liv före min tid, alltså innan Stavros och jag träffades, ett liv som han aldrig glömt helt och hållet. Ett liv för längesen, ett liv som alltid varit viktigt för honom. Och som fortfarande är viktigt för honom. Du ser hur han sitter med Stefan och försöker berätta.

– Så du är inte arg för att vi kom?

– Nej, varför skulle jag vara det? Nu får jag ju ha min Stavros hel och hållen. Inte bara delar av honom.

– Men …

– Nej, Ana Maria. Det är jättefint att jag också får träffa dig. Och att jag får träffa er son. Jag är bara glad över att det finns något kvar av den kärlek som ni hade en gång.

Nu brister det igen för Anne-Marie. Hon börjar gråta, helt okontrollerat. Sophia böjer sig fram och håller om henne. Hon smeker henne över ryggen.

Att gråta ut i armarna på sin älskades fru – hur patetisk får man vara?

– Det är som det ska, Ana Maria. Jag vet att ni älskade varandra den gången. Men det är längesen.

– Nej! skriker Anne-Marie. Det är inte alls som det ska!

– Är det inte? Vad är det som är fel?

– Alltihop, får Anne-Marie fram mellan hulkningarna. Alltsammans är fel, så fel det någonsin kan bli.

– Vad menar du?

Varifrån Anne-Marie får krafterna vet hon inte. Men plötsligt står alltsammans klart för henne. Och hon samlar ihop sig och berättar för Stavros fru det som hon aldrig förut har vågat inse.

– Det här gör jätteont att säga. Men jag tror aldrig att jag har slutat älska Stavros.

– Du har aldrig …?

– Nej, du hörde rätt. Hur jag än har försökt glömma bort honom, har han alltid funnits med mig. Jag har bränt hans brev och bilderna på honom, och jag har låtit Stefan växa upp i tron att hans pappa fallit över bord och drunknat. Men det har inte hjälpt. Stavros har ändå funnits där i mitt hjärta, hela tiden.

– Så du har … väntat på honom?

– Jag tror aldrig att jag har förstått det tidigare. Men jag har inte vågat träffa någon senare. I hela mitt vuxna liv har jag levt ensam med Stefan. Jag har aldrig släppt någon inpå livet, alltid har jag hållit mig för mig själv. Jag har duckat för alla inviter, alla erbjudanden.

Sophia tar fram en näsduk och torkar tårarna på Anne-Maries kind.

– Det visste jag inte, säger hon långsamt. Så trist, så tragiskt!

– Och så kommer jag hit, till Kea, till Korissia, till huset där Stavros hade växt upp, och där jag bodde med hans mamma! Till huset där jag hade kunnat bo med honom! Om det inte hade varit för postgången …!!

– Ja, säger Sophia allvarligt. Det hade kunnat bli ni. Faktiskt. Och ni hade kanske kunnat få ett bra liv tillsammans. Med många barn, och barnbarn. Men nu blev det inte så.

– Jag vet, snyftar Anne-Marie. Det var jag som skrev att jag aldrig ville se honom mer. Alltsammans är mitt fel, ingen annans.

– Vet du vad? säger Sophia. Om du hjälper mig att plocka lite grönsaker i köksträdgården, så ordnar vi en sallad till lunchen. Vi måste baka ut degen också, det blir bra med små kuvertbröd. Och sen tror jag att Stavros och du har en del att prata om.

– Och du då, vad ska du göra i eftermiddag?

– Jag tänkte försöka bekanta mig med er son. Han är så lik sin far, som han såg ut när han var yngre. Och så vill jag berätta för honom om hans syskon. De kommer med färjan i kväll, så då blir vi många vid bordet.

Kapitel 11

Att göra slut retroaktivt

SOPHIA OCH ANNE-MARIE HJÄLPS ÅT att baka, göra sallad och duka. När de ska sätta sig till bords, kommer Stefan lite eftersläntrande. Han stoppar ned mobiltelefonen i byxfickan.

– Jag ska hälsa till er allihop, säger han.

– Hälsa till oss allihop? undrar Anne-Marie. Från vem då?

– Från Jonna, så klart! Det var hon och hennes man, Andreas, som satt och åt nere i hamnen när du kom dit, Stavros.

– Ja, nu minns jag, säger Stavros. Svenska tjejen som kände Anne-Marie! Du känner henne?

– Vi gick i skolan tillsammans, berättar Stefan. Och vi har fortfarande kontakt.

– Det var hon som skickade brev, så att vi fick kontakt med varandra, säger Stavros. Har du pratat med henne nu?

– Ja, jag måste ringa och berätta att vi är här. Och framförallt tacka – utan henne hade vi aldrig kommit hit. Och jag hade aldrig fått veta att jag har en far.

Anne-Marie ser att det blänker till i Stefans ögon. Hon slår ner sin egen blick – det dåliga samvetet har ännu inte lämnat henne.

Sophia vänder sig till Stefan.

– Vill du följa med mig när vi har ätit? Jag ska gå med mat till mina föräldrar. De är hur nyfikna som helst på att få träffa Stavros son. Och så måste vi köpa fisk till middagen i kväll. Vi blir många till bordet, för dina syskon och deras familjer kommer med färjan. Så vi behöver mycket fisk.

– Ja, gärna! svarar Stefan. Men ska vi inte ta disken först?

När de blivit ensamma, sätter sig Stavros och Anne-Marie i fåtölj-
erna i vardagsrummet, mitt emot varandra. De möter varandra med
blicken, men de säger ingenting på en lång stund. Tystnaden blir
alltmer pinsam.

Det blir Stavros som bryter tystnaden.

– Du har kvar samma ögon, säger han. Dina grönmelerade ögon.
De ögonen, som jag höll på att drunkna i.

– Du också, säger hon. Stefan har nästan samma ögon som du.
Varje gång jag ser honom, tänker jag på dig.

– Menar du det? Efter alla dessa år?

– Ja, säger hon och kan nätt och jämnt hålla tårarna tillbaka. Och
varenda gång jag har tänkt på dig, har det gjort ont.

Stavros tar ett djupt andetag.

– Så har det inte varit för mig, säger han. Jag har aldrig glömt dig.
Men alltid när jag har tänkt på dig, har jag känt mig lite, hur säger
man, varm inuti. I själen. Och samtidigt har jag känt lite sorg över
att det aldrig blev vi.

– Att det aldrig blev vi??

Anne-Marie blir riktigt upprörd.

– Stavros, det *var* vi! Det hade varit vi, ända sen du ringde mig och
vi drack kaffe på det där fiket nära Kulturmagasinet. Det var vi, och
jag bar ditt barn! Jag var beredd att flytta ner till Grekland och dela
mitt liv med dig. Det *var* vi, Stavros! Du ska inte säga att det aldrig
blev vi!

– Jag visste inte …

– Nej, jag vet att du inte visste. Och jag vet att det tog två månader
innan du fick mitt brev.

– Jag kom så fort jag kunde. Men då hade du åkt hem …

– Inte nog med det. Jag skrev ett nytt brev och sa att jag aldrig
ville se dig mer. Dum som jag var!

– Du kunde väl ha skrivit att du var med barn …

– Jag vet inte, men jag tror jag skämdes.

– Jag visste ingenting, och så trodde jag att du hade glömt mig,
eller åtminstone att du inte ville ha med mig att göra.

– Ja … nej … kanske var det så jag skrev. Men jag tror inte att jag någonsin menade så. Och glömma dig, det har jag aldrig klarat av. Hur jag än har försökt …

Stavros nickar eftertänksamt.

– Undrar hur det skulle ha blivit, om jag hunnit hem i tid …

– Eller om jag hade väntat några dagar till? säger Anne-Marie.

– Skulle det ha blivit vi, i så fall?

– Jag vet bara, att den gången ville jag dela resten av mitt liv med dig. Även om det betydde att jag måste flytta till Grekland och lära mig grekiska. Och att jag måste stå ut med att sitta hemma och vänta, och hela tiden vara orolig för om du skulle drunkna.

– Eller också hade jag flyttat till Sundsvall. Fast du kanske hade varit lika orolig för mig ändå.

– Varför det? Jag hade ju sagt upp mig på Knaust och flyttat hem till Hudiksvall.

– Men din oro hade ändå funnits där, säger Stavros. Hur länge tror du att vi skulle ha klarat av att leva tillsammans?

– Jag vet inte, säger Anne-Marie långsamt. Allting verkar så mycket lättare när man är ung och kär.

Stavros tar ett djupt andetag.

– Jag tror jag bestämde mig för att det var omöjligt, att du och jag skulle kunna få ett liv tillsammans, säger han. Jag måste slå det ur hågen. Sen träffade jag Sophia. Och det har jag aldrig ångrat.

– Jag kan förstå det, säger Anne-Marie. Hon är så fin. Och hon älskar dig av hela sitt hjärta, det märker jag.

– Men har inte du träffat någon?? Stavros låter uppriktigt förvånad.

– Nej, det har inte blivit så. Jag har levt ensam i alla år.

– Det var tråkigt att höra. Så mycket trevligt som du har gått miste om!

– Jag har nog aldrig vågat. Har aldrig vågat släppa taget … om dig … eller om minnet av dig.

– Menar du det? Att du har suttit hemma och väntat … som den värsta sjömansänka?

– Så har jag aldrig tänkt på det, säger Anne-Marie. Men när du säger det, kanske du har rätt … Jag har nog suttit hemma och väntat på dig, fast jag inte har vetat om det.

– Du kanske aldrig har gjort slut med mig? småler Stavros. Som jag gjorde, när jag slog dig ur hågen och träffade Sophia, menar jag.

Anne-Marie tar ett djupt andetag.

– Det kanske var det här som var meningen med att jag skulle åka hit, säger hon dröjande. Inte bara att Stefan skulle få en far. Utan också att jag skulle göra slut med dig.

Stavros säger ingenting. Han reser sig ur fåtöljen och går fram till Anne-Marie. Hon reser sig, hon också, och möter hans öppna famn. Så står de en lång stund och gråter i varandras armar.

Det är knappt att de hinner samla ihop sig, innan Sophia och Stefan är tillbaka. I de tunga korgarna har de fisk som de köpt i hamnen. Vildfångad guldbraxen. Minst femton stycken ser det ut att vara, och stora fiskar, de väger nog bortåt ett kilo vardera – hur mycket ska de egentligen klara av att äta?

– Bra att ni fick tag i så här mycket, skrattar Stavros. Då räcker det till oss allihop ikväll. Stefan, hjälper du mig att rensa fisken?

– Skulle bara fattas, ler Stefan. Men sedan vill jag faktiskt följa med din fru ner till båten och möta mina syskon.

Anne-Marie sluter ögonen en stund, där hon sitter i fåtöljen. Tankarna virvlar runt. Hur hade livet blivit, om hon stannat kvar och väntat på Stavros? Hade hon bott här på Kea, mödosamt lärt sig grekiska, och suttit månadsvis som sjömansänka och väntat? Väntat, och väntat, och väntat om igen? Eller …

Hon orkar inte tänka mer, utan somnar från alltihop. Först när Stefan lägger sin hand på hennes axel vaknar hon.

– Vakna nu, morsan! småskrattar Stefan. Nu får du ta över rensningen, jag har annat att göra!

Lite förvirrad reser hon sig ur fåtöljen. Stefan vinkar ett hastigt hejdå och ger sig tillsammans med Sophia iväg ned till hamnen.

Och plötsligt står Anne-Marie i köket, sida vid sida med Stavros. De rensar de fiskar som ligger kvar i korgen, sköljer ur dem och torkar av dem. Så gnider de in dem med olivolja och flingsalt och fyller dem med rosmarin och timjan. Stavros visar hur hon ska göra, när hon blir osäker.

Skulle hon ha stått här, i det här köket, tillsammans med Stavros, på samma sätt som hon stod här med hans mor Eleni?

De hinner precis förbereda fisken för grillning, när barnröster hörs utanför på gatan.

Och så kommer de in i huset, Stavros och Sophias barn och deras familjer. Nikos, Melina och Fotis kommer först, tar i hand och presenterar sig, medan deras äkta hälfter håller sig i bakgrunden och Stavros blir överfallen av kramsugna barnbarn.

Så sätter de igång och förbereder middagen. Nikos tänder grillen, medan Stefan hjälper Melina och Fotis med att bära ut möbler och duka långbord i trädgården. Sophia tar hjälp av ett par av de halv-vuxna barnbarnen och gör en stor sallad. Snart står Stavros och Nikos vid grillen och lägger på fisk. Förföriska dofter sprider sig i trädgården.

Stämningen vid bordet är till en början artig, men reserverad. Samtalet går lite trögt. När barnen tömt sina förråd av engelska klyschor de snappat upp från amerikanska filmer och teveserier, lämnar de undan för undan middagsbordet och börjar någon sorts kurra-gömmalek, medan de vuxna sitter kvar.

Nikos, Melina och Fotis, Stefans halvsyskon, frågar försiktigt på lite obekväm engelska om Sverige och om halvbroderns uppväxt i Hudiksvall, med en mamma men ingen pappa. Och Stefan frågar i sin tur om hur det varit att växa upp på en grekisk ö. Sakta men säkert blir deras samtal mer otvunget. Försiktiga småleenden växer till förtjusta skratt.

Stavros sitter vid långbordets kortända. Han säger ingenting, men lyser som en sol.

Anne-Marie känner sig inte helt bekväm, där hon sitter vid långbordet, med fisk och sallad på tallriken och ett glas vitt vin framför sig. Hon tittar runt omkring sig, men hittar ingen blick att möta.

Undan för undan börjar hon känna sig alltmer främmande i situationen. Tuggorna växer i munnen. Här hör hon inte hemma, och här skulle hon aldrig ha hört hemma.

Hon blir mer och mer säker på sin sak. Det är helt rätt att göra slut med Stavros. Det tråkiga är bara att hon inte gjort det för många år sedan.

– Du ser inte glad ut, Ana Maria?

Det är Sophia som kommer till undsättning, precis innan Anne-Marie ska gå i atomer. Hon ber om hjälp att duka ut tallrikarna och resterna av huvudrätten, för att de ska kunna ta in desserten. Anne-Marie nickar tacksamt.

Ute i köket upprepar Sophia sin fråga.

– Nej, jag kanske inte ser så glad ut, svarar Anne-Marie.

– Varför inte? Jag är jätteglad över att ni kom hit, och att jag får se Stavros så här lycklig. Och barnen börjar få fin kontakt med sin bror, ser du inte det?

– Jo, jag ser det, och jag ser vad det här betyder för Stavros. Jag är jätteglad över det, jag också. Men nu är det faktiskt så här, att jag precis har gjort slut med den ende man jag har älskat i hela mitt liv.

Sophia ställer ifrån sig tallrikstraven. Hon lägger armarna om Anne-Marie och stryker henne över ryggen. Mer behövs inte för att Anne-Maries tårar ska börja spruta.

En lång stund står de båda kvinnorna och håller om varandra, och långsamt avtar gråten.

– Då är vi inte längre rivaler, Ana Maria! säger Sophia.

– Nej, det har du ju faktiskt rätt i, svarar Anne-Marie.

Var fick hon småleendet ifrån, mitt i gråten?

– Så bra! Då kan vi ju vara väninnor, konstaterar Sophia.

Planet lyfter från Eleftherios Venizelos i solsken, och piloten med-delar i högtalaren att vädret förväntas vara klart och molnfritt över hela Europa. Anne-Marie sitter med blicken stadigt fästad ut genom flygplansfönstret. I flygstolen bredvid sitter Stefan, men hon vill inte möta hans blick. Inte just nu.

Ja visst. Hon förstår att han är alldeles omtumlad och uppfylld av mötet med sina halvsyskon. Det kan inte vara självklart lätt att vid fyrtiotre års ålder få nya syskon. Tre stycken till på köpet, och med egna familjer!

Men hon orkar inte prata om det just nu. Hon behöver få sitta i fred i flygstolen och betrakta bergskedjorna, floderna, motor-vägarna och städerna långt där nere. Kartboken hon fick i fjärde klass, Mordisk Skolatlas som grabbarna i klassen kallade den, undrar vart den tog vägen någonstans? Förmodligen förlorad i någon flytt.

Europa blir till en blindkarta där under henne. Hon kan omöjligt pricka in vad som ligger var. Först när de lämnar det polska land-skapet och går ut över Östersjön vet hon var hon är. Och sedan tar planet med ett par bumpanden mark på Arlanda.

Kapitel 12

Fri som fågeln ...

SÅ MÄRKLIGT ATT KOMMA HEM till Hudiksvall igen!

Anne-Marie vet inte riktigt vad som har hänt, men det är som att hon ser hemstaden med en ny blick. Ögonen är inte längre så trötta, så sorgsna. Nej om hennes ögon glittrar, så är det inte av tårar, utan av något annat. Hon börjar bli nyfiken och få lust att upptäcka.

Hon går inte längre enbart de pliktskyldiga promenaderna runt Lillfjärden på sina lediga dagar. Ibland gör hon långa cykelturer, inåt land till Hälsingtuna och Hög, och en solig söndag fixar hon matsäck och trampar ända ut till Hornslandet. Så här på höstkanten verkar de gamla fiskelägena vara avsomnade, men Anne-Marie suger i sig det fridfulla atmosfären i Hölick.

Hon strosar förbi de gamla gistgårdarna, torkställningarna för strömmingsnäten, och sätter sig sedan på en brygga och lutar ryggen mot en sjöbod. Nu ska matsäcken smaka!

Ovanför kretsar måsarna, ständigt skränande. När hon hällt upp kaffet och tar fram smörgåsarna börjar de dyka ned mot henne, allt mer närgångna. Hon försöker sjasa bort dem, med växlande framgång.

– Ni är fria, ni, skriker hon till måsarna. Men jag är faktiskt fri, jag också! Och nu tänker jag äta upp mina smörgåsar själv.

Om måsarna förstår vad Anne-Marie vill säga är högst oklart. I vilket fall verkar de inte bry sig om det. Först när hon ätit upp sina mackor minskar måsarnas intresse. Med kaffekåsan i handen sitter hon och tittar på solglittret i vattnet.

Så vackert det är, bara man öppnar ögonen och ser det, tänker hon.

Fotsteg hörs på bryggan. Hon vrider på huvudet.

En man med en golden retriever i koppel kommer gående. Han tittar undrande på henne, när de kommer nära.

– Dig känner jag inte igen, säger han utan att hälsa.

– Nej, det är nog första gången som jag är härute sen … ja, det är nog mer än fyrtio år sen, säger Anne-Marie. Man får väl sitta här och fika? Eller är bryggorna privata?

– Det är privatpersoner som äger dem, säger mannen lite surmulet. Både bryggorna och sjöbodarna. Fast nog kan du sitta här och fika. Det är faktiskt min bror som äger den här boden. Men han är sällan här.

– Då får du hälsa honom och tacka, småler Anne-Marie. Jag har
haft en jättefin fikapaus vid hans sjöbod. Men nu ska jag packa ihop
och cykla hem.

– Lämna inte kvar något skräp bara, säger mannen.

I backen ned mot Arnöviken säger det pang. Anne-Marie flyger
framåt, över styrstången, och landar på asfalten. Försiktigt reser hon
sig, borstar av sig och konstaterar att varken armar eller ben är
brutna. Men hon blöder om båda handflatorna, där hon tagit emot
sig.

Och framdäcket är alldeles platt.

Hon granskar vägbanan.

Fullt med gröna glasbitar. Och resterna av en söndertrasad etikett.

Någon har slängt ut en urdrucken pilsnerflaska genom bil-
fönstret. Ett sånt lördagsnöje folk har!

Anne-Marie suckar.

Här står hon, mitt i skogen, två och en halv mil hemifrån, med
platt framdäck och blödande handflator. Fri som fågeln, javisst, men
ändå …

Hon rotar i cykelkorgen med termosen och de tömda plast-
påsarna. Hittar ett par kvarglömda pappersservetter från någon
tidigare utflykt. De får duga som första förband.

Bakifrån hörs ljudet av en bilmotor komma allt närmare.

En stor mörkblå bil stannar.

– Du kom inte längre än så här?

Rösten känner hon igen. Den surmulne mannen på bryggan.
Mannen med hunden.

– Nej, det bara small till i däcket, säger Anne-Marie. Tvärstopp.
Jag hade tur som inte bröt armar och ben av mig. Hur tänker folk,
när de slänger ut flaskor så där?

– Glasskärvor, det är katastrof både för cykeldäck och hund-
tassar, säger mannen. Vart ska du?

– Jag bor på Håsta. Och jag vet inte hur jag ska ta mig hem. Cykeln
kan jag inte bara lämna här, den är säkert stulen innan jag är tillbaka.

– Prata strunt. Jag skjutsar hem dig och cykeln. Buster får maka åt sig lite därbak, så får vi in cykeln. Det är väl okej om jag skruvar av framhjulet?

Anne-Marie nickar, och mannen kliver ut och letar fram en skift-nyckel i bagageutrymmet. Innan hon vet ordet av har han lossat hjulet och lagt in den isärskruvade cykeln bredvid hundburen där bak. Anne-Marie sätter sig i framsätet bredvid mannen.

– Å, tack för att du skjutsade hem mig, säger hon när bilen stannar utanför hennes port. Hur mycket blir jag skyldig?

– Nu pratar du strunt igen, säger mannen. Du får väl bjuda mig på kaffe någon gång.

Och nu kan hon faktiskt se en liten glimt i hans ögon, och antydan till ett leende. Hon tackar honom igen, och bär sedan upp den demonterade cykeln till lägenheten. Bara bra att framhjulet är avskruvat, det räcker ju att hon lämnar in det i cykelaffären.

Två veckor senare är Anne-Marie ute och promenerar. Hon går långa slingan i elljusspåret på Väster. Hon tar ut stegen ordentligt, det är skönt att få upp pulsen en stund. Lungorna fylls med skogs-luft.

Hon tänker fortfarande på Stavros. Fast inte lika ofta som tidig-are. Under alla år har hon faktiskt, måste hon nu erkänna för sig själv, tänkt på honom nästan varje dag. Och nu kan det gå flera dagar utan att hon gräver i minnet av honom.

Börjar hon bli fri?

I varje fall är hon inte längre sjömansänka, det är då ett som är säkert.

Bakom ett backkrön hörs hundskall.

Och innan hon vet ordet av, dansar en guldbrun golden retriever runt henne, vilt skällande och svansviftande.

Ägaren kommer halvspringande med kopplet i handen.

– Hit Buster, ropar en mansröst som hon känner igen. Fot!

Mannen från bryggan!

– Det verkar nästan som att Buster känner igen dig, säger mannen när han kopplat upp hunden och kommit fram till Anne-Marie. Du är väl inte hundrädd?

– Nej, det är ingen fara, försäkrar hon. Bara inte han är rädd för mig, så går det bra.

Mannen skakar på huvudet.

– Jag tror inte Buster har förstånd om att vara rädd för någonting, säger han.

– Så bra, då behöver inte jag heller vara rädd. Skrämda hundar kan vara lite opålitliga.

– Ungefär som skrämda människor kan vara farliga, instämmer mannen.

– Kanske det, säger Anne-Marie. Hur är det med dig, du är väl inte rädd, hoppas jag?

– Det beror väl på, säger han dröjande. Men dig behöver jag kanske inte vara rädd för. Det verkar i varje fall som om Buster tycker om dig.

– Då kanske jag vågar bjuda dig på det där kaffet, säger Anne-Marie. Men det finns ett problem.

– Vad då? Buster kan jag lämna hemma, om du inte vill ha hundhår i soffan. Han älskar att ligga i soffor, ska du veta.

– Det är ingen fara med det, säger hon. Men av princip bjuder jag aldrig främmande karlar på kaffe.

– Var det inget värre? skrattar mannen. Jag heter Ove, vad heter du?

– Anne-Marie. När vill du komma?

– Tja … i morgon eftermiddag, kanske?

– Nej, det går inte, då jobbar jag.

– Men varför inte nu, då? Jag vet ju var du bor, det är inte långt härifrån.

Anne-Marie funderar ett ögonblick. Det är ostädat i hela lägenheten, och i köket står fullt med odiskat porslin sedan flera dagar tillbaka.

Så bestämmer hon sig. Om inte Ove klarar av att se hennes röra, då får det vara. Då blir det kaffe nu, och ingenting mer.

Men om han mot förmodan skulle stå ut …

– Då går vi hem till mig, avgör hon. Det ser lite rörigt ut, men jag tror att jag har bullar i frysen.

Två veckor senare hämtar Ove upp henne med bilen, och de åker till Sundsvall. Efter en enkel pizza på ett sunkigt ställe (hur kan något så simpelt smaka så gott?) går de på konsert på Tonhallen. Klassisk musik är kanske inte hennes favoritgenre, men det låter riktigt vackert emellanåt.

Något stycke har skrivits av någon som heter Arvo Pärt. Musiken vill liksom äta sig in i henne, men utan att det känns obehagligt. Vid hennes sida sitter Ove, helt försjunken i musiken. Och på slutet spelar orkestern en symfoni av någon Haydn – den musiken är lite lagom busig.

På vägen hem i bilen berättar Anne-Marie att hon jobbade på Knaust i Sundsvall, när hon var ung. Ove berättar om att han haft några tunga år sedan hans fru dog i cancer, bara femtiotvå år gammal. Men barnen har övertygat honom om att livet måste få gå vidare.

– Ja, livet måste gå vidare, instämmer Anne-Marie.

Och så säger hon det hon trodde att hon skulle behålla för sig själv.

– Vet du, jag har väntat på en man i fyrtiotre år. Men nu har jag gjort slut med honom. Jag är fri nu!

Den natten sover de tillsammans i Oves lägenhet på Kristineberg. Det är fullt med hundhår i hans säng, men Anne-Marie bryr sig inte om det. Hon ligger tyst med armen om Ove och lyssnar till hans snarkningar. De låter som havsvågor, som rullar in mot en strand.

En strand vid Bottenhavskusten? Eller kanske en grekisk strand? Anne-Marie vet inte riktigt, bara att Oves snarkningar är något av det mest rogivande hon hört på mycket länge.

Nedanför på golvet ligger Buster, lugnt snusande. Något enstaka gläfs hörs emellanåt, hunden drömmer.

Och snart faller också Anne-Marie i sömn. En lugn och behaglig sömn. Först när Ove försiktigt tassar in i sovrummet och frågar om hon vill ha kaffe eller te till frukost vaknar hon.

Anne-Marie säger ingenting till Stefan, eller någon annan överhuvudtaget, om att hon träffat Ove. Inte på flera månader. Att hon nu tillbringar var och varannan natt hos Ove på Kristineberg är hennes ensak. De äter ibland middag ihop i hennes lägenhet. Men hennes enkelsäng, som hon haft i alla år, är av någon anledning för trång för dem båda. Så det blir att i hemlighet ligga över hos Ove.

Hon säger inte heller någonting när hon ringer till Stefan och bjuder till söndagsmiddag. Som tur är prickar hon in en helg när ingen av flickorna har söndagsmatch. Hon säger bara att det var längesen de träffades, och att hon längtar efter dem allihop.

Utanför skiner vårsolen hur lockande som helst, men Anne-Marie har inte tid att gå ut och promenera. Halva förmiddagen har Ove och hon stått i köket, rullat älgbullar och stekt. Nu är hennes stora järngryta full till brädden. Hon sätter på potatis och säger till Ove att han nu får försvinna en stund. Stefan och flickorna ska komma klockan tre.

Just som de satt sig till bords, ringer det på dörren.

Anne-Marie gör sitt bästa för att se överraskad ut. Vem kan det vara som ringer på så här dags, på blanka söndagseftermiddagen? Hon reser sig, går ut i hallen och öppnar ytterdörren.

– Nej men är det du som kommer? utropar hon med spelad förvåning. Och Buster har du med dig. Välkomna in! Min son är här med sin familj, tänk att de äntligen får träffa dig och din hund!

Sida vid sida går de in i matrummet, där flickorna fortfarande pratar om gårdagens matcher.

– Kan ni vara lite tysta en stund? frågar Anne-Marie. Jag har något att berätta.

Fyra förvånade ögonpar riktas mot henne. Så tittar de allesammans, ännu mer förvånade, på den främmande mannen vid hennes sida. Och på hans hund, en svansviftande golden retriever.

– Jag måste få presentera min nya kille, säger hon. Han heter Ove. Ove, det här är min son, Stefan. Och hans fru Sara. Och så deras flickor Linda och Malin.

Ove går runt och tar i hand.

– Stefan, du kan väl hämta en stol till? Jag har en i sovrummet, säger Anne-Marie. Och Linda, kan du hämta tallrik, glas och bestick i köket? Malin, Buster har en vattenskål i skåpet under diskbänken, du kan väl fylla den och ställa den på golvet?

Buster slickar ljudligt i sig vattnet i skålen och kommer sedan och låter sig villigt klappas av flickorna.

– Det var som tusan, säger Stefan när han äntligen får mål i munnen. Men det var väl på tiden, morsan! Har ni varit ihop länge?

Anne-Marie och Ove tittar på varandra och fnissar.

– Det är sen i höstas någon gång, säger Ove. Jag plockade upp en cyklist med punktering. Ett par veckor senare bjöd hon på kaffe. På den vägen är det!

– Ja, hur länge sen är det nu? säger Anne-Marie. Det måste ju vara … kan det stämma … det är lite mer än ett halvår sedan.

– Ni ser ut att ha det bra tillsammans! säger Sara.

Ove och Anne-Marie tittar på varandra igen.

– Ja, säger Anne-Marie. Så här bra trodde jag inte att man kan ha det, när man är i den här åldern.

– Det trodde inte jag heller, säger Ove. Inte när man har förlorat den som man har delat sitt liv med. Men livet kan faktiskt gå vidare!

– Man vet nog aldrig vad som kan hända, säger Linda eftertänksamt. Farmor har fått en ny kille. Och Malin och jag, vi har fått

kusiner som vi inte har vetat om. I sommar ska vi åka och hälsa på
dem!

Några veckor senare dunsar ett brev ned i Anne-Maries brevlåda.
Hon reser sig från köksbordet, där Ove och hon sitter och dricker
kaffe.
Brevet har grekiska frimärken. Hon sliter upp kuvertet.

Korissia, Kea 14 maj

Kara Ana Maria!

*Tack for ditt fina brev, som vi fick for tva veckor sedan. Sa harligt att du
har traffat en man! Det ar sa fint att veta att du antligen har vagat mota
karleken.*

*Jag blir valdigt glad over att du vill komma med Ove och halsa pa hos oss.
Ni ar valdigt valkomna och kan bo i gasthuset sa lange ni vill. Stefan ska ocksa
komma med sin familj i sommar, men det vet du sakert redan. Det ska bli sa
roligt att traffa honom igen, och lara kanna hans fru och deras barn.*

*Tyvarr har jag trakiga nyheter. Stefan har kanske berattat, jag ringde till
honom på en gang. Stavros finns inte med oss langre. Han dog pa kvallen den
7 maj, alltsa for en vecka sedan. Men det gick lugnt och stilla till, och jag tror
att han dog lycklig.*

*Eller, rattare sagt vet jag att han dog lycklig. Det har sista aret har han varit
sa glad, over att du och Stefan var har. Han fick tillbaka en del av sitt liv, som
han trodde att han hade forlorat for alltid. Och nar vi laste att du hade traffat
Ove och ville komma hit med honom, grat han av lycka. Jag ar sa glad och
tacksam over detta.*

*Vi har redan haft begravning. Det maste ske snabbt enligt ortodoxa kyrkan.
Stefan hann inte komma, men han skickade blommor. Nar Stefan kommer
ska vi ga till graven tillsammans.*

Jag langtar sa efter att du och Ove ska komma hit, Ana Maria.
Tusen kramar,
Din vaninna Σοφια

Epilog några år senare

ÄNTLIGEN SEMESTER.

Den här gången har Jonna och Andreas bestämt sig för att bila norrut. Lisa och Wille sitter i baksätet, och snart ska de äntligen få se midnattssolen, som de hört talas om i skolan.

De har pausat utanför Gävle, och nu passerar de infarten till Söderhamn. Trafiken flyter lugnt på E4:an. Andreas kör, medan Jonna sitter bredvid och njuter av resan.

När de passerar skylten med Hudiksvalls kommun, får hon en idé.

– Jag tror jag ska ringa Stefans mamma, säger hon till Andreas. Jag måste nog ta reda på hur det blev, efter det att jag skickade henne adressen till hans pappa.

Så tar hon upp mobilen. Hon har Anne-Maries nummer inlagt bland sina kontakter, även om hon aldrig tidigare ringt henne.

Anne-Marie svarar efter två signaler. Och innan Jonna vet ordet av, är hon och familjen inbjudna på kaffe hos Anne-Marie och Ove.

– Måste vi? frågar Andreas, när Jonna förmedlar inbjudan. Jag hade tänkt att vi skulle hinna till Skellefteå i kväll.

– Ja, det är precis vad vi måste, säger Jonna beslutsamt. Jag behöver klara ut en sak med Anne-Marie. Och så kan jag väl få visa ungarna staden där jag växte upp?

Andreas suckar, men svänger ändå in på den södra infarten.

– Vi kan bara stanna en liten stund, för vi har rätt långt att köra, säger Jonna när de kliver in i lägenheten.

– Men en kopp kaffe hinner ni väl med? invänder Anne-Marie. Och jag tror att vi har saft till barnen. Eller hur, Ove?

Kaffebordet står redan dukat på balkongen.

– Egentligen skulle jag ha ringt dig för längesen, säger Jonna medan Ove häller upp påtåren. Men jag har skjutit det framför mig. Det är inte helt lätt.

– Vad menar du? säger Anne-Marie.

– Jag har undrat och undrat. Hur blev det för dig, när jag skickade den där grekiske mannens adress till dig, och din adress till honom? Tänk om jag har förstört något i ditt liv …

– Förstört något? säger Anne-Marie, tittar på Ove och fnissar.

– Tvärtom, Jonna. Du har inte förstört något. Förmodligen har du aldrig förstått det, men det som du gjorde den gången, det var nog det finaste som en människa någonsin gjort för mig.

– Menar du det?

– Ja, det gör jag, och jag är så glad över att ni kom hit så jag får säga det till dig. Det har hänt så mycket, som aldrig skulle ha hänt om inte du hade skickat adresserna.

– Vad då?

– Stefan har fått en pappa, som han aldrig hade vetat om. Och Stavros hann med att träffa sin son, medan han fortfarande var i livet. Stefan har kontakt med sina halvsyskon och deras familjer, och nu senare i sommar kommer de upp allesammans och hälsar på.

– Ja, jag vet att Stefan är jätteglad över det. Han skrev att Sara och han till och med går på nybörjarkurs i grekiska, för att kunna prata med ungarnas kusiner. Men hur har det blivit för dig?

– Som du ser är jag inte ensam längre. I fyrtiotre år väntade jag, men tack vare att du skickade adressen kunde jag äntligen göra slut med Stavros. Och jag fick en fin väninna i Sophia, hans fru. Och jag har äntligen vågat släppa in en man i mitt liv. Hade det inte varit för dig, Jonna, så hade jag nog aldrig träffat Ove.

– Du Andreas, säger Jonna när hon svänger ut på E4:an efter att ha kört en runda i sin gamla hemstad. Det var nog inte så tokigt ändå att vi satt kvar där på restaurangen och pratade med den grekiske gubben. Kommer du ihåg att han pratade om nornorna, våra ödesgudinnor?

– Ja, nu när du säger det, så …

– Nornorna som han pratade om, de kanske ändå visste hur de skulle spinna sina trådar?

– Kanske det, gammal visdom ska man nog inte förakta, säger Andreas. Men nu får du släppa det där! Livet måste gå vidare – nu ska vi upp och se midnattssolen!

Till dess döden skiljer oss åt

Bertil!

Jag vaknar med en gång, minns inte vad jag drömde. Nuförtiden sover jag alltid lätt, med hörapparaten påkopplad, utifall. En hastig blick på väggklockan: kvart över elva. Då har hon fått sova i över två timmar, ändå.

– Ja, Ingalill, jag kommer!

På mina numera alltför stela ben masar jag mig upp och tassar ut i vardagsrummet. Där sitter hon i rullstolen, lutad över matsalsbordet.

Hon har sovit i rullstolen, så som hon gjort i flera år nu. Hjärtat orkar inte pumpa runt vätskan i kroppen. Lungsäckarna blir alldeles vattenfyllda, om hon försöker ligga ner.

Nu har hon somnat från en cigarrett igen. Men den här gången har den hamnat i askkoppen, bredvid vichyvattensflaskan, som väl är. Inga nya brännmärken i bordet. Och, framförallt, ingen eldsvåda.

– Jag tror jag behöver gå på toa, säger hon med hes röst.

Jag drar ut rullstolen från bordet, skjuter den de få metrarna fram till badrumsdörren och hjälper henne upp i stående. Det är inte så lätt, hon är ganska vinglig numera. Måste se till att hon greppar handtagen ordentligt, handtagen som distriktsarbetsterapeuten satte upp på väggen bredvid dörren. Med stöd av handfatet, och mig på andra sidan, tar hon sig fram till toalettstolen. En promenad på en och en halv meter, men ganska många steg. Hon håller i sig i toaförhöjningens handtag, medan jag drar ner hennes byxor, innan hon sjunker ner över toaletten.

Det lyckas den här gången också.

Dörren lämnar jag diskret halvstängd. Därinne måste hon få sköta sig själv.

Ingalill slipper i alla fall uppleva den förnedring, som min farmor fick utstå. De sista åren, när gumman blivit senil, flyttade hon hem till oss. Men min mor, som väl aldrig riktigt tålde sin svärmor, hade oftast annat att göra, när farmor behövde hjälp. Ofta låg gumman i sin egen avföring – och fick dessutom bannor för att hon gjort på sig!

Det är tur att Ingalill är så duktig. Hon klarar att torka sig själv, åtminstone någorlunda. Det är bara de kritiska momenten jag måste hjälpa till med, att komma upp från toaletten, få på sig byxorna igen och återvända till rullstolen.

Vi rullar tillbaka till matsalsbordet, och jag försöker undvika att hon kommer i kläm mot bordsbenen.

– Vill du ge mig ögondropparna?

Flaskan med pipetten står på bordet, bredvid inhalatorn och de andra medicinerna. Jag böjer mig över henne, vänder upp hennes vänstra ögonlock och trycker försiktigt på pipetten. Hon rycker till för varje droppe. Trots att hon haft de här dropparna i flera år, ända sedan hon fick grönstarrsdiagnosen, är svedan tydligen svår att vänja sig vid. Men såvitt jag kan se, har ändå dropparna hamnat rätt. Så gör vi samma procedur med andra ögat.

– Nej! Det gör ont, Bertil! skriker hon.

Jag hejdar mig.

– Men Ingalill, du har ju bara fått en droppe i det ögat.

– Jag vet, Bertil. Det gjorde bara så ont. Vänta lite.

Hon får visa, att hon är beredd. Så droppar jag i det som fattas.

– Ska vi linda benen också, när vi ändå är igång?

Hon nickar.

Lindningen behövs för att inte fötterna och underbenen ska bli alldeles uppsvullna. Distriktssköterskan har visat mig hur jag ska göra. Nedifrån och upp, och ganska hårt.

Jag lyfter fram fotpallen från hörnet, drar fram rullstolen igen och vrider den ett kvarts varv åt höger. Så spärrar jag bromsarna och hjälper henne upp, tillräckligt för att jag åter ska kunna få av henne byxorna. Nu i kväll orkar hon inte själv lägga upp benet på pallen, utan jag måste hjälpa till. Jag börjar rulla på henne benlindan.

— Vad snäll du är, Bertil, som pysslar om mig så här.

— Jamen jag gör ju det för att jag vill.

Vill och vill. Hade nån frågat mig i min ungdoms dagar om jag verkligen skulle vilja ha det så här på ålderns höst, hade jag kanske inte svarat ja. Stå till pass dygnet runt, hjälpa till med allt ifrån toalettbesök till att plocka upp tappade glödande cigarettfimpar innan huset fattar eld, aldrig kunna lämna huset längre stund än en halvtimme för att åka och handla, nej, jag hade nog inte valt det här frivilligt.

Men har man lovat varann inför prästen, till dess döden skiljer oss åt, så har man, det tycker i alla fall jag. Fortfarande efter nästan femtio år. Och det är skönt, när hon visar uppskattning för att jag försöker hjälpa henne. Hennes leende de gångerna värmer.

Det är alltid klokt att ta benlindningen före medicinen. Hon kan bli bottenlöst irriterad, när jag kontrollerar att hon har tagit de ordinerade tabletterna, och varken mer eller mindre. Och hon har ju rätt i, att det är hon som har arbetat på apotek i hela sitt liv, hon begriper sig naturligtvis bättre på tabletter än vad jag gör. Att hon knappt längre kan se vad det är för tabletter hon stoppar i sig, och att hon ibland virrar till det så det står härliga till, det spelar ingen roll sådana gånger, hon blir kränkt i alla fall. Efter en sådan scen, som vi har haft ganska många av, brukar benlindningen vara helt omöjlig. Det är bättre att klara av den först.

Annars ställer hon sällan till scener nuförtiden. Den gamla bitterheten över verkliga och inbillade oförrätter, och de ständiga anklagelserna om att jag inte stått på hennes sida i konflikterna med min familj, verkar i stort sett ha försvunnit. Kanske har hon ändå börjat försonas med sitt liv, nu när det börjar gå mot slutet? Eller också håller hon på att tackla av och gå in i dimman.

Det får vara hur det vill med den saken. Äntligen är hon nöjd med mig. Åtminstone ibland.

– Bertil.

– Mmm.

Jag koncentrerar mig på att få lindningen jämn, men samtidigt hör jag att hon vill prata. Försiktigt fäster jag resårhäftorna så att jag inte skadar hennes ömtåliga hud. Så lyfter jag ner hennes ben och lägger upp det andra på pallen.

– Min pappa, han fick dö han, precis som han gick och stod, därute på torpet.

Det är inte första gången jag hör den här berättelsen. Nästan ordagrant lika varenda gång. Om hur svärfar, en av de där heta julidagarna ute på sommarstället, sa "Jag tror jag fryser", och ramlade ihop. Tvärdöd, i en stor hjärnblödning. Ingalill har berättat det här många gånger, men jag vet att det är lika viktigt för henne varje gång.

Medan hon berättar, fortsätter jag linda det andra benet, och strör in små "Mmm" och "Jaa" och "Neej" här och där, så att berättelsen flyter. När vi är klara med det andra benet, hjälper jag henne upp och drar på henne byxorna igen. Så skjuter jag åter in henne vid bordet.

– Jag hoppas jag får dö på samma sätt som han. Jag vill inte hamna på Sörgården som ett paket. Hör du det, Bertil?

Den här kvällen går det bra med medicinerna, hon protesterar inte mot att jag räknar upp tabletterna. Så ser jag till att hon har det hon behöver inom räckhåll: cigaretter, tändare, askkopp, inhalator, vichyvatten – jag fyller hennes glas, så hon inte behöver fumla med flaskan.

På andra sidan bordet står teven, avstängd, och i hörnet spelbordet med porträtten av barnbarnen. Porträtten som hon inte längre kan se. Men det är ändå viktigt att de står där.

Natten har varit lugn. Bara en gång till har jag fått kliva upp, när hon inte hittat cigarretterna framför sig på bordet. När hon ropar på mig igen, har jag fått sova ovanligt många timmar.

Den här morgonen verkar hon virrigare än vanligt. Hon kan inte medverka riktigt, när jag hjälper henne med morgonbestyren. Frukosten bara petar hon i, och hon vill inte höra på nyheterna. I stället mumlar hon nånting om Peter, att han borde tänka på att köra försiktigt med mopeden, nu när han är i Norge. Jag försöker förklara att Peter och Camilla är i Värmland för att fira Camillas fyrtioårsdag, och att Peter inte suttit på en moped på många år. Hon håller bara med om det jag säger och rör ihop alltsammans igen.

– Kan du ge mig lite kaffe?

Jag går ut i köket, hämtar hennes stora kopp och fyller den till tredjedelen med kaffe.

Just som jag ska sätta fram koppen, ramlar hon åt sidan i rullstolen. Jag ställer, nej slänger, ifrån mig koppen och försöker stötta upp henne, men då faller hon framåt, över bordet.

Hon andas inte.

Ingalill har slutat andas.

Så här tyst har det nog aldrig varit i det här huset.

Och kallt.

Ändå måste jag öppna altandörren.

Jag både inser, och inser inte.

Förstår till slut att jag måste ringa nånstans.

Vart ringer man?

Till vårdcentralen förstås. Men vad ska de göra? Jag får ju i alla fall inte Ingalill tillbaka.

Läkaren kommer efter en stund. Hon konstaterar att Ingalill är död, och hjälper mig att lägga henne på sängen inne i sovrummet, så hon inte ska stelna i sittande ställning. Och hon kramar om mig, och uppmanar mig att ringa begravningsbyrån.

Nu har döden skilt oss åt.

Kanske är det skönast för oss båda två. Men får man tänka så?

Ja må hon leva!

När hörde Lotta senast de orden sjungas för henne, ja må hon leva, bara för henne?

Hon funderade ett bra tag. I alla fall knappast sedan hon träffade Ulf – hur längesen var det nu, trettiosju år?

Ulf är fyra dagar yngre än Lotta. Redan från början slog de ihop sina födelsedagsfiranden för att slippa baka två tårtor och plocka fram finservisen med några dagars mellanrum.

Lisa och Joel föddes de första åren in i äktenskapet. De lärde sig från början att sjunga Ja må dom leva på föräldrarnas gemensamma födelsedagar. Till familjetraditionen hörde också att Lotta skulle påpeka att hon alltid föredragit yngre män. Fyra dagar yngre, närmare bestämt.

Fortfarande när barnen flyttat hemifrån och hade egna familjer var det självklart att de skulle komma hem till det gemensamma födelsedagsfirandet i maj. En hel helg med barn och barnbarn kunde vara ansträngande, men kunde också kännas som något slags belöning.

Sedan länge var det Lotta som styrde och ställde med firandet. Ulf var oftast ute på tjänsteresa, så det föll sig naturligt att det föll på hennes lott att städa huset, garnera tårtan, laga maten och köpa födelsedagspresenterna. Även till sig själv – ända sen den gången

Ulf, efter att ha öppnat sitt paket, fick skämmas över att han glömt köpa present åt henne.

Också efter skilsmässan fortsatte de gemensamma födelsedagsfirandena, år efter år. Lisa skulle aldrig ha accepterat något annat, och Joel höll som vanligt med systern. Villan var såld, men de kunde tränga ihop sig i Lottas lägenhet.

– Så klart att vi kommer och firar er, sa Lisa när Lotta försökte protestera. Vi kan hjälpa till. Plocka undan och ta hand om disken.

Ulf verkade inte ha något emot att fira tillsammans. Kanske kände han att han åtminstone för en stund var tagen till nåder igen.

Barnen visste ingenting om anledningen till skilsmässan. Kanske förstod de att Lotta börjat tröttna på att sköta markservicen med allt mellan tvätt och städning till ungarnas läxförhör och skjutsning till fotbollsträningar, för att sedan stå där med fredagsmyset uppdukat och chablisen på kylning. Däremot anade de nog inte att Ulfs intresse för sin kvinnliga chef utvecklats till något som låg långt bortom gränsen för vad man kan förvänta av en yrkesmässig relation. Men när Lotta fick bekräftat vad hon länge känt på sig, tog hon beslutet.

Ulf förnekade ingenting. Han gick utan vidare med på skilsmässan, ordnade med husförsäljningen och hjälpte henne till och med att köpa en bostadsrättslägenhet, en välskött trea i en stabil förening.

Själv köpte han några veckor senare en lägenhet i samma hus. Praktiskt tyckte han, för barnen kunde bo i föreningens övernattningslägenhet när de kom för att hälsa på. Och fira födelsedagarna.

Lotta var inte lika övertygad om att detta var så praktiskt, men teg.

De gemensamma födelsedagsfirandena fortsatte, år efter år.

Ibland försökte hon markera för Lisa och Joel att hon faktiskt inte var gift med deras far längre och kanske inte ville fira födelsedag tillsammans med honom. Kanske hade hon andra planer för dagen. Men varje gång lät hon sig övertalas.

– Signe och Alvar blir jätteledsna, om de inte får sjunga Ja må dom leva för morfar och mormor, var Lisas effektivaste argument.

Nu stod sextioårsfirandet för dörren. Ja, inte omedelbart, fortfarande var det bara januari. Men fyra månader kan gå fort. Ibland skoningslöst fort.

Tanken på nästa gemensamma firande fick det att vända sig i magen på Lotta. Jämna år. Inte bara barn och barnbarn, utan också arbetskamrater, vänner och före detta grannar från villakvarteret. Kanske Ulfs chef, den slampan!

Hur skulle Lotta kunna hålla god min?

Lisa blev alltmer ivrig för varje telefonsamtal. Mycket måste förberedas. Tyvärr kunde hon inte komma ifrån och själv ordna firandet, även om hon helst velat. Istället messade hon långa listor på vad hon hade kommit på behövde fejas, pyntas, köpas in eller arrangeras på annat sätt. Planen var perfekt, åtminstone i Lisas ögon.

Ingen idé att försöka bromsa.

Lotta antecknade, tackade för hjälpen med planerandet och lovade att feja, pynta, köpa in och arrangera.

Givetvis bokade hon bostadsrättsföreningens övernattningslägenhet.

Men när den bokningen var färdig, satt hon kvar vid datorn och gjorde en helt annan bokning.

Och nu satt Lotta på planet. En vecka på ett charterhotell på Kreta, ensam. Födelsedagen skulle firas med guidad tur till Knossos. Annars hade hon inga andra speciella planer, utöver att njuta av oliver, bläckfisk, sardiner, lammstek och lantvin. Och den pocketbok hon impulsköpt på flygplatsen.

Inte ett ord hade hon sagt om sina resplaner. Varken Ulf, Lisa, Joel eller någon annan visste något. Hon hade bara hållit god min och låtit dem förstå att hon var i full färd med att förbereda firandet.

Mobiltelefonen hade hon inte bara satt i flygplansläge. Den var avstängd, och efter säkerhetskontrollen låg den dessutom ned-

packad längst ned i ryggsäcken. I sinom tid skulle hon packa upp
den.

Tydligen var Lotta tröttare än hon anat. Så snart planet nått
marschhöjd och molntäcket bredde ut sig utanför fönstret föll hon
i sömn. Först när landningsställen fälldes ut och de stora gummi-
hjulen studsade mot betongplattan på Heraklions flygplats vaknade
hon.

Lägenhetshotellet var inte direkt lyxigt, men hade det man
behövde. En säng som var lite i hårdaste laget men ändå gick att
sova i. Badrum, kökspentry och framförallt en balkong, där Lotta åt
sina frukostar. Och nere på stranden njöt hon av boken, bekvämt
halvliggande i den parasollskuggade solstolen.

Äntligen bestämde hon själv. Inte behöva rätta sig efter hur Ulf
eller barnen ville ha det. Lotta tänkte efter. En guidad vandring på
palatset i Knossos, något sådant skulle hon aldrig ha fått med Ulf
på. Nu kunde hon med gott samvete ge sig besöket där i sextioårs-
present.

Palatset måste ha varit ofantligt när det stod klart, på 1600-talet
före vår tideräkning. Lotta häpnade över hur guiderna lyckades lotsa
sina turistflockar kors och tvärs mellan murarna, utan att blanda
ihop dem och utan att tappa bort någon.

Väl tillbaka på hotellet fyllde Lotta badrummets skurhink med
iskallt vatten och bar ut på balkongen. Ur kylskåpet drog hon fram
halvflaskan med bubbel från taxfreeshopen. Champagneglas fanns
inte i köksskåpet, ett vanligt dricksglas fick duga. Så drog hon av sig
sandaletterna och stack ned fötterna i hinken.

– Ja, må jag leva! sjöng Lotta, så det ekade mellan husväggarna.
Turkduvorna hoade till svar, det var i sanning bättre än ingenting.

En halvtimme senare var buteljen tömd, och fötterna hade åter-
tagit sin normala storlek. Dags för nästa fas i firandet!

Restaurangen i den gamla venetianska hamnen hade grillad
svärdfisk på menyn.

För första gången på sin sextioårsdag kände sig Lotta ensam. Tänk att få njuta av den här fisken, klyftpotatisen och det väl-tempererade vita vinet i trevligt sällskap!

Nej, stopp där! Det var just sällskapet som hon ville undvika. Att sitta här ensam vid ett bord, njuta av maten och vinet och titta ut över båtarna i hamnen, det var mycket bättre än det firande Lisa planerat.

Om två dagar skulle det äga rum, enligt Lisas planer i Lottas lägenhet. Men tji skulle de få.

Mätt och inte helt nykter vandrade Lotta ut i natten. Någonstans ifrån hördes musik. Människor sjöng, och någon spelade bouzoki. Lotta kunde känna igen melodin, det var någon av Mikis Theo-dorakis sånger. Hon gick närmare.

På torget hade hundratals människor samlats. De höll varandra i händerna och dansade i kedja, två steg åt höger och ett åt vänster. Någon tog Lotta i handen och drog in henne i kedjan. Sången steg hög från de dansande, tvåstämmig, med andrastämman en stadig ters under.

Rytmerna satt fortfarande kvar i kroppen, långt efter det att hon lagt sig.

Lotta hämtade väskan, passerade tullen och klev ut i ankomst-hallen, där hon hittade en ledig sittbänk. Var hade hon nu tele-fonen? Just ja, längst ned i ryggsäcken.

Missade samtal … 94 stycken. SMS … 38 stycken. Hon skrollade bland meddelandena. Nästan alla var från Lisa eller Joel, dem hoppade hon över. Barbro, hennes gamla väninna från gymnasiet, gratulerade på födelsedagen, och någon affärskedja tyckte att hon borde fira sin högtidsdag genom att handla hos just dem. Annars inget.

Bäst att ta tjuren vid hornen. Hon slog Lisas nummer.

– Men mamma, var är du nånstans? svarade en ilsken röst. Vi var på väg att efterlysa dig …

– Det var väl onödigt! Jag är på Arlanda. Har varit på Kreta och firat min sextioårsdag.

Lotta hörde hur Lisa drog efter andan.

– Jaaa … just ja. Grattis i efterskott, då.

– Tack, gumman. Vet du, jag har varit till Knossos. Och så har jag dansat grekisk kedjedans, på torget!

– Du har haft det bra, hör jag. Och vi som blev oroliga. Vicevärden öppnade din lägenhet med huvudnyckeln. Men det var alldeles tomt. Du kunde väl ha lagt en lapp, åtminstone?

Lotta svalde. Naturligtvis, det hade kanske varit bättre.

– Hur har ni haft det här hemma, då?

– Ja, vad tror du? sa Lisa, fortfarande ganska ilsken. Ett rent kaos. Ingenstans att hålla till med festen, och ingen mat beställd, ingen tårta bakad. Och ingen visste var du höll hus.

– Hur gjorde ni då?

– Det var pappa som kom på det. Vi gick till pizzerian på hörnet, allihop. De hade nog aldrig haft något sextioårskalas där tidigare. Men nu har de det. Vi festade så det stod härliga till, med pizza och lättöl.

– Blev han nöjd?

– Pappa? Helnöjd. Så roligt hade han aldrig haft på någon födelsedag, sa han. Han kunde känna att det var hans egen dag, bara hans.

– Vet du Lisa? Precis så kände jag också där jag satt och åt grillad svärdfisk och såg på båtarna i hamnen. Det här var min dag, bara min.

Det blev tyst i luren, nästan en minut.

– Kanske blev det bra i alla fall, sa Lisa eftertänksamt, nu utan ilska i rösten. Att boka den där resan var nog det bästa du har gjort någon gång.

– Tack gumman, det värmer när du säger det. Nu måste jag skynda mig till tåget, puss och kram på dig!

Ganse nulla likka

GÅR TIDEN LÅNGSAMMARE när en människas dödsögonblick nalkas? Veikko tittade ännu en gång på den elektriska väggklockan ovanför Ritvas säng. Sekundvisaren hoppade fram, en bit i taget, men nog gick det ovanligt sakta, det var han nästan säker på.

Rummet på hospiceavdelningen var ändå ganska stillsamt och trevligt inrett. Inte mer sjukhusprägel än absolut nödvändigt. En värdig plats att dö på. Porträtten stod på sängbordet, men de var där hos henne nu, allesammans. Bredvid Veikko stod Sirkka, Pirjo, och så Erkki, minstingen, numera en och nittiofyra i strumplästen.

Hur det skulle bli att komma tillbaka till jobbet på tvätteriet och berätta att Ritva inte fanns längre, det orkade Veikko knappt tänka på. Perkele, det var ju hon som hade ordnat in honom där en gång i världen, när han flyttade in i hennes etta med kokvrå på Malmaberg. Större fick de först året därpå, när de gifte sig, och Sirkka var på väg. I alla år hade de inte bara delat säng, utan också arbetsplats.

Han fuktade hennes läppar igen. Lakanet hävdes bara svagt av hennes andhämtning. Länge till skulle hon inte orka nu, det förstod han.

Den här gången har Veikko bestämt sig. Det är sista resan. Returbiljetten i jackans innerficka är bara för att maskera, det är enklast så. Ingen ska behöva ana.

Vem bryr sig om en full finne, som står lutad över relingen på Vikingbåtens akterdäck och spyr? Nog fan kan man få till ett snedsteg, så man balanserar över kanten. Sedan är allting enkelt. Ett par sekunders luftfärd, och så sugs man ned av propellervirvlarna, rakt ned i Ålands havs kalla mörker. Mer än någon minut bör det inte ta, sedan kanske man spolas upp på någon strand framåt våren. Kanske inte.

Måste bara komma ihåg att låta jackan med returbiljetten hänga kvar på stolsryggen, så ingen kan ana något. Plånboken lär han förresten inte heller behöva mer.

Många resor har det blivit med båten. Det har blivit en nödvändighet, bara för att få fyllna till lite lagom och äntligen höra ett begripligt språk talas. Kanske inte första tiden, då när han fortfarande hade jobbet kvar på gjuteriet – då ansträngde han sig fortfarande för att passa in i det konstiga grannlandet. Men efter avskedandet har resorna blivit den enda ljuspunkten i en eljest jämngrå tillvaro.

Mellan resorna jobbar han i hamnen. Tillfällig stuveriarbetare står det på lönelappen varannan fredag, blixtgubbe kallas han i den väl inrökta lunchmatsalen. Veikko vet inte vad någotdera betyder, så stort är inte hans svenska ordförråd. Men jobbet är hyfsat betalt och omväxlande, och bäst av allt: han förstår vad han ska göra. Är det styckegods på pall, ska han stå på kajen och dra ut palloket under hivet. Är det sågat virke, ska han slå sling runt virkespaketen och ge tecken åt kranföraren att han kan lyfta. Och är det kol, ska han stå nere i luckan med en spade och skotta fram det som fastnat mellan spanten, så skopan kommer åt det.

Korridorrummet har han av någon konstig anledning fått behålla – de har väl inte så effektiva kontakter mellan personalavdelningen och bostadssidan. Det kvittar, hyran är inte hög, och grannarna behöver han inte ha mer att göra med än han vill. Konstigt folk, de också, förresten, italienare och juggar och fan vet vad. Frågar de vad han ska göra, när han sticker iväg, ger han dem alltid samma svar, på sin bästa svenska.

– Fara Finland. Suupa båten. Ganse nulla likka.

Att han knappast träffar på någon likka som är villig att nulla, det förtiger han. När någon av grannarna någon fredagkväll är riktigt nyfiken, drar han väl på munnen och säger lite svävande "Nå, int varje gång resiis", och därmed är saken utredd. Inte vill han säga något om att han i själva verket aldrig kommit längre än att han vid ett tillfälle fått in ena handen innanför kjolen på en av kvinnorna vid bardisken. Trots graden av berusning vid tillfället minns han ännu örfilen.

Kan det vara någon av kvinnorna som står där framme vid bardisken just nu, när han som bäst håller på att grundlägga fyllan? Nå, inte tänker han bry sig. Han skjuter fram det urdruckna glaset två centimeter och höjer ett pekfinger i luften. Utan ett ord häller bartendern upp en ny Kosken med Zingo, kommer fram till hans bord med den och tar emot den skrynkliga sedeln. Veikko skakar på huvudet till tecken att mannen kan behålla växelpengarna.

Dansorkestern längst bort i lokalen spelar en finsk tango, en sådan där smäktande sorgesång som man aldrig får höra i den svenska radion, en av Eino Gröns succémelodier. Veikko kan inte komma på vad låten heter. Nå, det spelar inte längre någon roll.

Nu gäller det att fyllna till lagom. Lagom mycket för att på ett trovärdigt sätt kunna resa sig och vackla ut på akterdäck, lagom mycket för att i sjöluften behöva rusa fram till relingen, luta sig ut och spy, men inte så mycket att han inte klarar språnget. Tre glas till, kanske fyra. Eller fem. Saatana, lite roligt kan man väl få ha på sin sista resa?

– Är det ledigt hos dig?

Han blickar ut över den halvtomma baren, det finns gott om lediga bord. Ändå frågar kvinnan om hon får slå sig ner. Han kan inte komma på någon bra anledning att neka.

Riktigt snygg är hon, med uppsatt hår och med någon grön sugrörsdrink i handen, det är väl något kärringdricka.

– Är du finne, eller?

– Joo.

– Nå då så, då kan man känna sig trygg. Skål!

Veikko höjer sitt glas mot henne och dricker.

– Jag heter Ritva.

– Veikko.

– Jag vågar inte sitta ensam. Karldjävuln är efter mig. Han tror vi är ihop, fast jag bara tog hem honom en natt från Parken. Fan vet hur han fick reda på att jag skulle med båten. Vill du dansa tango med mig?

Inte kan Veikko dansa, men hur det är får Ritva upp honom på dansgolvet. Och inte bara upp på dansgolvet, utan ner i hytten också, en trång fyrbäddshytt längst nere under lastbilarna. Mera Kosken hinner han aldrig med.

– Jag är rädd, förstår du. Han kan veta mitt hyttnummer. Jag trodde det skulle vara fler kvinnor i hytten, men jag blev ensam.

– Blir det bättre för att jag är här, då? Har du en karl hos dig, blir han väl bara ännu tokigare?

– Om han knackar på dörren, vill jag att du öppnar och säger åt honom att gå sin väg och lämna din fru i fred.

Mycket riktigt bultar det på dörren, halv två på natten, de är säkert inne på finskt territorialvatten. Och Veikko kliver ut, i kalsonger och nätundertröja, och hotar att göra mos av karln om han fortsätter att ofreda hans fru, och sedan är det lugnt. Innan båten lägger till i Helsingfors, har Veikko till och med hunnit få av sig kalsongerna. Nulla likka, saatans fint!

Och nu trettio år efter bröllopet, då Sirkka redan sparkade i Ritvas mage, stod de tillsammans, han och barnen, i hennes sjukrum. Ritva hade kämpat mot kräftan länge och väl, med cellgifter och strålning och fan vet vad, men det hade ändå uppstått dottersvulster överallt i kroppen. Det var inget att hoppas på längre, det var bara att finnas med och försöka se till så hennes dödskamp blev så smärtfri som möjligt. Morfin fick hon, så mycket hon behövde, men hon behövde närheten också. Och fuktade läppar, hon orkade inte ens dricka längre. Natten skulle hon knappast överleva.

Hon flämtade till i sängen. Han skyndade sig att ta hennes hand. Mödosamt vände hon blicken mot honom.

– Kiitos Veikko … tack … för att du int hoppa … den där gången på båten …, viskade hon, knappt hörbart.

Hur i helvete … kunde hon veta? Men innan Veikko hann fråga henne, slutade lakanet hävas.

Väggklockan visade 21.47.

Svensk tid.

Om författaren

Gustaf Berglund är född 1951 och bosatt i Leksand. Efter ett långt yrkesliv som socionom och leg psykoterapeut arbetar han nu huvudsakligen som författare och översättare. Tillsammans med sin fru Solveig Halvorsen Kåven har han översatt ett tjugotal böcker i olika genrer, samt redigerat antologin *Haiku Japan Leksand Tur och Retur* (Vulkan Media 2023).

Detta är Gustaf Berglunds första novellsamling.

Andra böcker av Gustaf Berglund:

Skapande konversationer – möten med familjeterapeuter och deras idéer (medförf. Erik Abrahamsson). Mareld 1997.
Bland djäknar och mods – Västerås på 60-talet. Lars Åke Winberg förlag 1999.
Gränsövergång/Grenseovergang (medförf. Line K Dahle). Författarhuset 1999.
Creative Conversations (medförf. Erik Abrahamsson). Mareld 2000.
Psykoterapins förnyare (medförf. Erik Abrahamsson). Mareld 2007; nyutgåva på Studentlitteratur 2013.
Dantevandring. Interloquium. 2013.
En plats där ginstens doft berusar själen. En sonettkrans. BoD 2019.
Haiku Japan Leksand Tur och retur (antologi, redigerad tillsammans med Solveig Halvorsen Kåven) Vulkan Media 2023.
Bergslagens Kammarsymfoniker 50 år (redaktör för antologin) BoD 2024.

Översättningar av Gustaf Berglund:

Nathaniel Lachenmeyer: *Outsidern*. Medikament Förlag 2002.

Peter De Jong & Insoo Kim Berg, *Lösningsbyggande samtal* (medövers. Solveig Halvorsen Kåven). Studentlitteratur 2013.

Astri Johnsen & Vigdis Wie Torsteinsson, *Lärobok i familjeterapi* (medövers. Solveig Halvorsen Kåven). Studentlitteratur 2015.

G S Diamond, G M Diamond & S M Levy, *Anknytningsbaserad familjeterapi* (medövers. Solveig Halvorsen Kåven). Studentlitteratur 2015.

J F Alexander m fl, *Funktionell familjeterapi* (medövers. Solveig Halvorsen Kåven). Studentlitteratur 2016.

Jan Reidar Stiegler, *Emotionsfokuserad terapi* (medövers. Solveig Halvorsen Kåven). Studentlitteratur 2016.

Henrik Høgh-Olesen m fl, *Modern personlighetspsykologi* (medövers. Solveig Halvorsen Kåven). Studentlitteratur 2017.

Carl Frode Tiller, *Bipersoner* (medövers. Solveig Halvorsen Kåven). Trolltrumma 2018.

Tony Rousmaniere, *Målmedveten träning för psykoterapeuter* (medövers. Solveig Halvorsen Kåven). Studentlitteratur 2019.

Dan J Siegel & Tina Payne Bryson, *Förstå ditt barns hjärna* (medövers. Solveig Halvorsen Kåven). Akademius 2019.

Hilde Eide & Tom Eide, *Omvårdnadsorienterad kommunikation* (medövers. Solveig Halvorsen Kåven). Studentlitteratur 2019.

Anne-Marie Aubert & Inger Marie Bakke, *Att utveckla relationskompeten*s (medövers. Solveig Halvorsen Kåven). Studentlitteratur 2020.

Dan J Siegel & Tina Payne Bryson, *Närvarande föräldraskap* (medövers. Solveig Halvorsen Kåven). Akademius 2020.

Sue Johnson, *Anknytningsteori i praktiken* (medövers. Solveig Halvorsen Kåven). Studentlitteratur 2020.

Einar Aadland & Tom Eide, *Etikhandboken för socialt arbete* (medövers. Solveig Halvorsen Kåven). Liber 2021.

Bessel van der Kolk, *Kroppen håller räkningen* (medövers. Solveig Halvorsen Kåven). Akademius 2021.

Dan J Siegel & Tina Payne Bryson, *Mer utveckling, mindre bråk* (medövers. Solveig Halvorsen Kåven). Akademius 2022.

Amir Levine & Rachel Heller, *Förhållanden som funkar* (medövers. Solveig Halvorsen Kåven). Akademius 2022.

Ole Martin Høystad, *Hjärtat: en kulturhistorisk resa* (medövers. Solveig Halvorsen Kåven). Langenskiölds förlag 2024.